我與知風書社

盛根旺 著

漓江出版社
·桂林·

图书在版编目（CIP）数据

我与和风书社 / 盛根旺著. -- 桂林：漓江出版社，2024.7.--ISBN 978-7-5407-9878-9

Ⅰ.I251

中国国家版本馆CIP数据核字第2024EF5444号

我与和风书社

WO YU HEFENG SHUSHE

盛根旺　著

出 版 人　刘迪才
出版统筹　文龙玉
策　　划　方金芳
责任编辑　陈丽君
装帧设计　王基高　王欣文
责任监印　黄菲菲

出版发行　漓江出版社有限公司
社　　址　广西桂林市南环路22号
邮　　编　541002
发行电话　010-85891290　0773-2582200
邮购热线　0773-2582200
网　　址　www.lijiangbooks.com
微信公众号　lijiangpress

印　　制　河北赛文印刷有限公司
开　　本　787 mm×1092 mm　1/16
印　　张　9.25
字　　数　135千字
版　　次　2024年7月第1版
印　　次　2024年7月第1次印刷
书　　号　ISBN 978-7-5407-9878-9
定　　价　58.60元

和风细雨 叶盛根旺

——序盛根旺《我与和风书社》

"和风细雨,叶盛根旺",也许正是盛根旺先生传奇式的艺术人生的概括与总结,充满着他一生中曲折离奇、坎坷不平、悲欢离合、爱恨交错的精彩故事。

当初他青春年少、风华正茂,本可以走进大学校门,勤奋读书,建功立业,报效祖国。但是,在当时特定的环境下,因某些人的格局所限,他的青春就像一只小鸟被囚禁在一个狭隘的鸟笼里。这几乎是毁灭性的!但是,年轻的盛根旺坚信人生原本就是祸兮福兮、反复无常的,谁都无法真正地掌控自己的命运。相信老天是公平的!你失去了什么,另一边又会补给你什么!他虽未上大学,但偏偏好读书。好!书中自有黄金屋,书中自有颜如玉,书中自有千钟粟!对于他所看过的许多中国传统文化书籍,他肯定要予以表达的。慢慢地慢慢地他就变成了我们江南叫"讲传人"、北方叫"说书人"的那种人。也就是他喜欢看的那些书籍,改变了他的命运。在当时劳动力普遍比较低廉的情况下,他已经成了当地民间的"讲传先生",从金华的乡下讲到金华的城里,从兰溪门讲到小码头,讲到兰溪香溪,一直讲到孝顺镇的和风书社……

所以,为什么取"和风细雨 叶盛根旺"为序名?因为他在和风书社讲书如同春风化雨,润物无声,带给当地老百姓精神生活极大的满足感。同时,这细雨渗透到他这个"根",这叶才能盛,根才能旺。"叶盛根旺"四字别有一番情趣在其中。所以,我们的艺术家只有扎根生活,扎根人民,扎根土地,作品才能贴近生活,贴近人民,贴近土地,才能泥土芬芳,光芒万丈。

盛根旺先生所走的艺术生活道路虽然像曲艺的"曲"字一样曲曲折折,但所有的经历都是财富。高手在民间,就因为有这样的民间高手,中国文化从"阳春白雪”到“下里巴人”大多能在民间生根发芽、开花结果，我们的老百姓茶余饭后才能够欣赏到中国的雅俗共赏的传统文化。

在那个年代，很多人不识字，没有上过学，所以说书人就是有文化的先生了，我们江南称“讲传先生”。故而一直到现在，我们还是称他为先生。他这个先生是真正扎根于人民、为人民说书讲传的。所以，我们的曲艺人，我们的年轻的曲艺人，要向这样的老一辈的曲艺人学习致敬！

三十多年前，见到盛根旺先生，一看，便知不是一般的人，满脸的沧桑。他这个沧桑，是把经历过的事、所有的文化印记，以及他个人情感的痕迹，都写在了每一条皱纹里面。他的眼睛永远是有神的，他能直白明了地告诉你，他内心在想什么，想干什么，想表达什么。他这样的人是可以交朋友的，他就像一潭水，很清澈的水。水滴石穿！他是有力量的！

一个人活在世界上，其实不一定要怎么辉煌，他所有的经历就告诉我们，不经历风雨怎能见彩虹。他，正如他的名字，就像一棵小树苗，经历了所有的春夏秋冬、所有的风雪严寒。这一切的经历，对于成长为一株大树来说都是必需的。假如说是在戈壁荒漠地带，那他这棵树可能不一定能够叶盛根旺！就因为在我们金华这片肥沃的土地上，他才能“和风细雨，叶盛根旺”。是金华的山水沃地成就了盛根旺先生，也正是有一大批盛根旺先生这样的曲艺人，让我们金华的曲艺，叶盛根旺！让浙江的曲艺，叶盛根旺！让全国的曲艺，叶盛根旺！

一日，我出差在桐乡，晚上原本要去看戏的，但是我答应盛根旺先生，要为他写序的，当我打开盛根旺先生发我的文档，仔细读了他所写的每篇文章以后，我竟错过了看戏的时间！不过，我认为他的文章里面更有戏，他的人生如戏,戏如人生,人生自古戏中游。我认为,他就是我们人民的曲艺大舞台上的最好的“讲传人”!

本人才疏学浅,不能为文,聊以作序,仅供盛根旺先生及曲艺同仁与读者们一笑耳!

周子清

2023 年 8 月 3 日

(作者为国家一级演员、浙江省文化馆研究馆员、浙江省曲艺家协会副主席。)

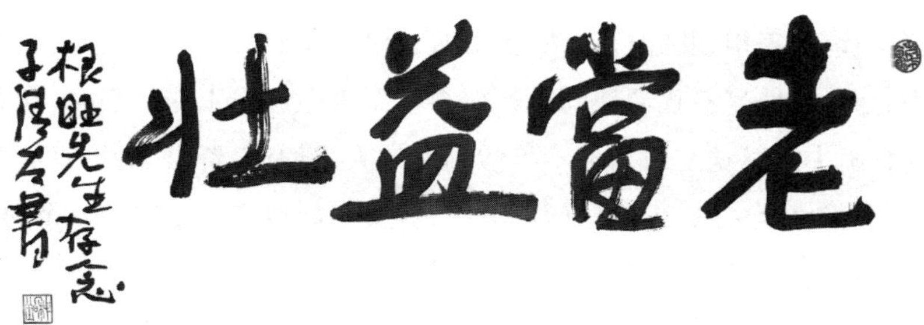

序

盛根旺先生又出新书了，他把一摞《我与和风书社》的书稿放到我的案头，嘱我为之作序。自金东区建区以来，我们相处了二十余年，对他的为人处世我很了解，也很赞赏。从个人的情感来说，我十分愿意为之作序，可我何德何能一再为其作序？他年纪比我大，我将其视作兄长，今熟不拘礼了，又一次为其作序。

2008 年，盛根旺先生出版《剑客奇缘》，我为之作过一回序，在序中曾谈及他的文化素养。他当年曾经考上大学，却因受当时农村政治环境影响而被拒校门之外。为了生活，他不断求索新的路子以拓展生存的空间。他年轻时习武，只用以防身，从未以武术凌人；他当过拳师，却以德育人，至今仍每天晨起练习武术套路，身强体壮；他当过律师，遇事不慌，沉着稳健，成为他性格中的一个重要特点；他历经了四十余年的说书生涯，练就了一副好口才；他著过书，创作过曲艺作品，走出了一条绚烂的人生道路。

本人于 2001 年担任金东区首任文联主席，成立了区文学艺术界联合会，有幸与大家认识、相处。盛根旺先生是其中优秀的一位。2006 年 4 月，协会换届，我有心请他来担纲区曲艺家协会主席。当时，他还在衢州做生意，我把自己的想法告诉他，他毫不犹豫地同意并放弃生意来做这份工作。当时，我心里有一种过意不去的感觉。因为他不是体制内的人，没有工资可发，一旦放弃了赚钱营生，来当协会主席，生活如何保障？可我又不能放弃这么好的一个人选。这种矛盾的心理一直搁在心里，久久不散。

不久，区曲艺家协会与孝顺镇商定在孝顺老街创办和风书社，镇党委政府给他们以很大的资金上的支持，我那悬着的心才逐渐平定下来。之后，协会在他的带领下，很有凝聚力向心力，协会人员大都有事可做，并有一定的报酬。同时，协会积极配合区各部门的重要宣传活动，活动常办常新、长盛不衰，在社会上引起了极大的反响，也引起了各级媒体的关注和各级领导的重视。和风书社一办十多年，成了我们这个时代开展群众文化活动的一个典范，人们从中可以体悟到很多深层次的道理。区委宣传部领导要求盛根旺先生结合自己的经历，把创办和风书社的过程写出来。我们的领导认同了他的做法和价值所在，认为此举契合了我们时代的需求。盛根旺先生的做法给群众生活抹上了一道亮丽的色彩，为厌倦者吹来了一股清新的风，为郁闷者拂去了心中的不快，为劳累者增添了些许轻松。

和风书社虽已持续了十多年时间，但创办和风书社的那种创新精神，那种成功创办、持续进行的内在逻辑仍值得我们深究与思考。和风书社纵然结束，我们的社会还在发展，人民群众对文化生活的追求永远不会结束，也不可能停留在原来的模式上，它需要创新，需要发展，需要充实和延续。只有这样，人们的文化心理才得到满足和慰藉。但愿《我与和风书社》能为社会吹来更多更大的“和风”。

张根芳谨序。

张根芳

2023 年 8 月 22 日

（作者为金华市金东区文联原主席、金华民间文学专家学者，编辑出版地方文化资料书籍八十余种。）

前 言

孝顺镇和风书社创办于2007年7月10日。

当时,随着社会的发展进步、电视网络文化的兴起和拓展,原本流行火爆、无人不知的金华道情、金华说书等传统民间曲艺在社会文化舞台上已黯然失色,沉寂了许久。唤醒人们的乡愁记忆,继承传统文化,赓续传统文明,对于社会精神文明建设,促进社会和谐都极具必要性和重要性。

孝顺镇人民政府非常重视社会文化建设,从一个社会发展进步的新视角、新高度来决策,携手金东区曲艺家协会,出资在孝顺镇老街的上街桥头1号、原孝顺老区公所的办公场所创办孝顺镇和风书社,作为政府部门的一个文化宣传窗口,这在金华曲艺史上开了由政府出资创办曲艺活动场所的先河。根据社会文化建设的需求,把和风书社的曲艺演出活动作为公益性的文化活动,结合到新农村文化建设中去。把新农村建设和精神文明建设有机结合,把新时代文化建设和传统文化复兴相融合,把宣传与娱乐相结合,把非物质文化遗产保护传承和丰富群众文化生活相结合,为老百姓提供一个全程服务型的地方曲艺文化娱乐场所,提升群众文化生活质量。同时,让孝顺古镇更具古风,再现古镇昔日文化繁荣之风采,和风书社成了千年古镇孝顺新文化建设的一道亮丽的风景线。

孝顺镇和风书社的成功创办,得到了各级媒体的关注,《农民日报》《浙江日报》《钱江晚报》《宣传半月刊》《金华日报》《金华晚报》,浙江卫视钱江频道,金华电视台《新闻节节棒》《小马开讲》《百姓零距离》《今晚九点半》《金东新闻》等相继到孝顺和风书社采访报道。

2008年11月19日,时任浙江省委常委、宣传部部长葛慧君莅临孝顺召开科学发展观民主恳谈会时指出：孝顺和风书社的文化模式是先进农村文化建设的一个典范，值得向全省推广。

孝顺镇和风书社是乡村文化建设的时代产物，是孝顺文化发展史上的一个里程碑。我在《我与和风书社》中，比较翔实地记载了和风书社十余年间的所有重大社会文化活动。如果说，和风书社是一个历史时期社会发展的缩影，那么，《我与和风书社》则是孝顺在这个历史时期永恒的印记。

孝顺和风书社是一个历史时期金华道情曲本和说唱艺人的大市集、大本营，是金华曲艺史上前所未有的曲艺大会演、大集合，囊括了曾经在金华地方流行过的所有传统道情曲本和这个时期所有的说唱艺人。我把每个艺人说唱的道情曲本戏名及说唱的起始和结束时间都作了详细的记录。这样，每一个道情曲本的说唱时长也就一清二楚。和风书社十余年间的说唱道情和说书曲目共计七十一个（附全部曲目内容简介），而《我与和风书社》是金华道情和说唱艺人在这一个历史时期的“数据库”。

和风书社的《老盛说新闻》栏目是金华说书曲艺的一个创新，用方言说书的形式把社会时事和老百姓生活中的一些新闻现象讲出来，把新闻故事化、现场化、形象化，让听众身临其境，感同身受，受到教育。方言说书深受听众喜爱而百听不厌，成为和风书社十余年来的一个最大亮点。

为了记住孝顺一个时期的文化历史，也为了呵护和传承这一个地方的非物质文化遗产，留下一份有迹可循的历史资料，我不以自己文拙思俗为念，唯有尽心勉力而为，写成此文，并付梓以飨读者。因为笔者水平有限，俗难成雅，唯望诸君垂阅并指正。

目 录

V 我与和风书社

飞出“鸟笼”

2007 年 7 月 10 日晚，我经手创办的孝顺镇和风书社隆重开张。这令我彻夜难眠，往事如昨，往事如潮，记忆之门倏然打开……

悠悠岁月，岁月悠悠，1961 年夏，是我人生的一个亮点，又是转折点，更是我终生难愈的伤痛。我实在不愿去回忆，但又控制不住经常去回忆。当年我高中毕业参加高考，有幸被哈尔滨工业大学录取，踌躇满志，憧憬美好。可惜当时的高考政策别出一格，考生被录取后，必须要居住地基层行政盖章后方许可入学。可当时正是国家大办农业、大办粮食的大形势，“农业六十条”和“农业十二条”就成了农村基层的“尚方宝剑”，再加上村上的姓氏家族中大姓派颇有势力，村上小姓氏的村民只能任由宰割。哈尔滨工业大学校方领导不计路途遥远，三顾我出生居住的小村，爱才尽责、至情至勤，但无奈村政公章一印难求，我被拒大学校门之外。据说，我的录取通知书现还在艾青中学的校史档案里。当时的农村行政权像一只牢不可破的囚笼，我成了笼中之鸟，我从梦想的天堂跌落，成了地道的农民。原本充满希望和理想的青春年华就在面对黄土背朝天、起早摸黑与泥土打交道的劳作中消磨殆尽。在日常劳作之余，四处寻觅，看一些古典小说就成了我唯一的消愁良药。

当时农村是人民公社、大队和生产队三级建制，生产队是农民田间劳动的前沿司令部，生产队长就是司令员，有指挥和决定一切的绝对权力。在田间劳作间歇之时，与五六个村民围坐闲聊，我就把古典小说中的故事讲给大家听。不料生产队长是个故事迷，就在每天上下午的一次休息时间要我讲一段故事，一次不能超过半小时，并每天给我加计 1 个工分。当时农村正劳力一个工作日是 10 个工分，我村上 10 个工分值是 2 角 7 分钱，也就是一天的工资。我就每天有机会多 2 分 7 厘钱的收入。但如果有人举报我超时误工，要倒扣 1 个工分,所以讲故事赚工分也存在风险。不过,如果生产队长喜欢听故事,入迷了,风险也就解除了。久而久之,我就成了村上的故事大王。每到夜晚,村里就有人来请我讲故事,而且会准备茶水和糕饼甜食,有时候还会有人捐赠一包大红鹰香烟(0.13 元/包)或雄狮香烟(0.18 元/包),我也因此慢慢变成了烟的瘾君子。对于讲故事,我乐此不疲,后来名声传出村,邻近散村也来请我去讲故事。而且还有了薄酬,大家伙儿 3 分 5 分地赞助,一个晚上竟有 1 元钱左右的收入,抵得上田里干活三四个工作日的工分值。为了生计,晚上讲故事就慢慢地成了我的第二职业。直到 1976 年,国家政策形势有了新的变化,我终于有机会飞出农村这个鸟笼,来到金华城里混饭吃。我运用自己百炼成钢的专长,在兰溪门茶馆店、人民广场的时春亭茶楼、小码头的红光茶店和上浮桥茶店等地方说大书,开启了我以说书为生的民间艺人生涯,并加入了金华县曲艺家协会,真正走上曲艺之路。几度春秋寒暑,多少辛酸历程,说不尽的喜怒哀乐,道不完的世态炎凉。正是:

时势不予我春风，
枉费寒窗苦读功。
欲售所学叹无门，
笑成江湖说书翁。

“正部级”曲艺人

当时，金华兰溪一带说书十分流行，金华地域的城镇说书场所都以比较大的茶馆店为主，而兰溪一带却称为书场。在我的说书生涯中以城区和乡镇为主阵地，有几个书场茶馆可以说是我说书生涯的大本营。

金华城区兰溪门茶馆店是我 1976 年进城的第一个落脚点，茶馆店坐落在兰溪门，东邻金华县文化馆，南接人民广场，西连西市街，北靠金华老布厂，可以说是当时金华市的休闲文化中心地段，人流南来北往，一天到晚熙熙攘攘。茶馆店属居委会开办，老板娘叫朱春芝。这是当时金华城区最出名的茶馆店之一，面积不大，估计有 100 平方米左右，茶客一天到晚不断。分早茶、午茶和晚茶。早茶时间是早上 6 时—11 时，午茶时间是上午 11 时—下午 5 时，晚茶时间是下午 5 时—晚上 9 时，时间到必须换茶另付茶资。每客茶资是绿茶 1 角钱，红茶 1 角 2 分钱。茶客满座可达 80 余人，茶馆店早上和晚上两场演出一般是说书或唱道情。下午场可以说是打扑克专场。茶馆店对面有一个煤球煤饼仓库，里面另辟一个床位，专供艺人住宿。而茶馆店对于一个曲艺人的进驻也有规定和要求，一个艺人进驻试用期最长为七天。一般三天为限，以点茶杯数计茶客人头，达不到基数要求，就请艺人别处高就。艺人的演出资费是由茶馆店老板娘向每个茶客“斗”的，由茶客自愿“出手”。茶客是不买账的主顾，喜欢听就给得多，不喜欢听就一个子儿也不会给，但也有过意不去的会拿出三五分钱来应付一下。在当时能拿 1 角钱来支付书资，可以说是说书唱道情艺人的大客户、大恩公了。没有了听客，艺人就没有在茶馆店立脚的资本。因为茶馆店让艺人进驻的目的就是吸引茶客听众，来增加营业额。艺人没有吸引力就不受茶馆店的欢迎，自己没收入，茶馆店不欢迎，艺人岂能厚着脸皮不走？由此可想而知当时艺人的社会地位和处境了。

我算是曲艺人中的一个幸运儿，进驻兰溪门茶馆店开日夜两场（日场《孟丽君》、夜场《金台传》），并一炮打响。日场能有 3—4 元的书资收入，而夜场能有 5—6 元的书资收入，一天下来能有 10 元左右的收入，能抵得上农民近一个月的劳动工分值。我一个月的书资收入接近 300 元，因此有人说我是“正部级”，阿弥陀佛，皆大欢喜。茶馆店把我当成财神，我的日子好过多了。这样，我在兰溪门茶馆店一蹲就是六年有余，为我的说书生涯打下了良好的基础，让我在金华和艺人圈里有了个响亮的名号“讲大书的老盛”。还有就是我当时用的是艺名，叫“盛鹤飞”，想自己能飞得高，飞得远，听书客喜欢叫我“盛岳飞”。

南书北道情

在当时金华城区的茶馆店(书场)可谓是三足鼎立,除兰溪门茶馆店之外,还有坐落在人民广场北边,紧靠金华县文化馆的时春亭茶楼和坐落在金华小码头的红光茶店。时春亭茶楼是当时金华城区最高档最漂亮的茶文化休闲场所,是由市政园林管理处办的,收费稍高,绿茶1角5分一客,红茶2角一客。关键是茶楼服务员是市政园林工人,不靠卖茶为生,服务态度不够大众化,一来茶资稍贵,二来服务不近民心,所以茶客难众。说书唱道情艺人也因门槛太高,一般不敢进去。我在兰溪门茶馆店说书时,曾有兰溪说书名家周学诚(艺名叫周小苟)到时春亭开书。因离兰溪门茶馆店只有咫尺之遥,周小苟名头太响,我心里十分紧张,担心自己的“饭碗”可能要被打破。幸好周小苟在时春亭茶楼开了三天书就离去,没有撼动我在兰溪门茶馆店的地位。但是,茶馆店终归是民间艺人的流动岗位,艺人的曲目再多,也有卖尽的时候,虽然我在兰溪门茶馆店春风得意,而且有了出手2角、3角、5角、1元的大客户,但时间一久,无论从哪个角度讲都会缺少新鲜感。六年之久,谈何容易?所以我想到要挪个窝了。凑巧,金华义乌道情名家叶英盛先生到兰溪门茶馆店来谋就,我立马提出让贤,因叶英盛在金华曲艺界名头响亮,老板娘就同意了,这样我就离开了兰溪门茶馆店。

这时我在金华曲艺界已经小有名气,而且加入了金华县曲艺家协会,并担任了副主席兼秘书长。离开兰溪门茶馆店的第二天,小码头红光茶店的老板娘王彩云就找到了我,说红光茶店空当,邀请我去开书。我摆了个小架子,我说要先回老家一趟,要过三四天。王彩云说:“可以,等你!”

金华小码头,是金华城里叫得最响的地名之一,是来往商贾的集散地,客流量很大。红光茶店南临婺江,北接婺江东路,而朝北的茶店门口和婺江东路之间有片空地,专供独轮车、三轮车、自行车及一些农商常用行头停放。这给红光茶店招徕生意提供了有利条件。我到了红光茶店后,老板娘给我租了一个小房间,那可是特别优厚的条件了。我同样一天开两场,上午场(早场)和夜场,一天的书资收入和在兰溪门茶馆店相若。我和叶英盛先生一南一北,展开了茶客争夺战,"南书北道情"成为当时的一句流行语。后来因为叶英盛先生义乌老家有要事先撤,我的书资收入明显提高了点。我在红光茶店两年后,金华县曲艺家协会在四牌楼的荣茂饭店二楼创办了曲艺书场, 由曲艺家协会几个会员轮流包场,每人一个月。轮到我时,我离开了红光茶店。曲艺书场维持了一年,在此期间,我在上浮桥茶店和乾西乡的上陈村茶店说了几场书。后来我就受兰溪的小锣书艺人王柏生先生(时任浙江省曲协理事)邀请,到了兰溪香溪镇的朱文林书场。

香溪开书

香溪镇是当时兰溪县北边的重镇之一，分为香一、香二、香三、香四、香五等五个行政村。朱文林书场在镇中的香三村，是朱文林家的住屋，是清末民初的古建筑，坐北朝南，前三后五，中间有天井，前三间是厨房、客厅和楼梯间，后五间是大厅堂，大圆石磉大木圆柱，靠北墙脚搭一个约3平方米的讲书台，台上有方形的书桌和木座椅各一张。厅堂内摆着南北向的长板桌和长条凳，如果连天井连坐带站，可容纳近300人，的确是个乡镇农村难得一见的大书场。大厅堂的后面还有三间门口朝北临街的店面屋，是朱文林家自开的烟酒杂和小吃店。可想而知，朱文林家是大户人家，后来我才知道，解放初土改时期朱文林家的阶级成分是“富农”，比“地主”低一个档次。老板娘叫鲍珠花，瘦长个子，是个能干的家庭主妇。去兰溪时，我就心事重重，担心兰溪人听不懂金华方言，江湖行话叫“笛子能不能进”，如果听不懂、不习惯，一切都白搭。老板娘给我在书场的楼上安排了一个房间，床铺簇新，还有一张书桌和座椅。我当时的感觉是一步天堂，但思想上也有准备，也许命薄，住个三五天就得卷铺盖走人。朱文林书场也是开早晚两场，早场是上午9时—10时30分，晚场是晚上6时30分—8时，冬夏有别，前后相差半小时。与金华茶馆店不同的是，书资不是靠“斗”，而是含在茶水中，没有红茶，只有绿茶，茶费1角钱一客，书资1角钱一客，合起2角钱一客茶，书场和艺人是五五分成。看来比当时的金华要先“文明”一步。既然到了总是要试试，丑媳妇难免要见公婆。第二天早场我还是开《孟丽君》，晚场开《金台传》，借鉴金华兰溪门茶馆店的吉利的开书模式。

也许是老天特别眷顾我，一场书下来，听客赞不绝口：“这个金华佬说书一流，声音洪亮，劲头十足，听得住。”真是阿弥陀佛，看来又是皆大欢喜。吃住由书场全包，老板和老板娘待我如上宾，伙食就不用说了，肯定是一流的了。第一天早场5元多，晚场3元多，收入近9元。早场的茶客基本上是来自邻近散村的村民，晚场全是本镇上的茶客。老板朱文林是香三村的会计，为人忠厚老实，人缘不错，加上"金华佬说书"，茶客听众与日俱增。若是下雨天，早场听众最多曾达280余人，晚场保持在50—60人，我的书资收入最高曾达20余元一天，平常一般能保持在15元左右一天。每个月的书资收入可达450元左右，在当时可算是人上人了，我暗自庆幸。第二年，也就是1984年，金华县文化局组织曲艺界人士去杭州、苏州、上海三地进行曲艺观摩学习，行程安排7天，共有6人参加，由县文化局一位女性副局长（忘记了姓名）和县文化馆曲艺干部、金华县曲艺家协会主席章竹林先生带队，我有幸名列其中，向朱文林书场请假，书场不再另请艺人，停业7天。这次观摩学习活动听了杭州评话、苏州评话及苏州评弹，对我的说书技巧提升起到了很大的作用，而且意外获得了一次一生难忘的机遇——在上海越剧二院见到了院长王文娟女士，也就是越剧名电影《红楼梦》里林黛玉的扮演者，并握了手。能与王文娟握手，那是做梦都想不到的美事，感觉可以骄傲吹牛皮一辈子了。

说书名家金华佬

回到朱文林书场，老板和老板娘都神情紧张，脸有苦色，我顿感情况不妙。我正心疑不知何故，老板娘说洲上村的周小苟在陈汝明书场开书都五天了，茶客听众都挤满了。啊，真是冤家路窄，我也不禁心里“咯噔”一下。在金华兰溪门茶馆店时，这周小苟到时春亭茶楼开书都把我吓得不轻。如今是在他的老家，洲上村离香溪镇不到三里，他是兰溪说书名家，在兰溪是数一数二的地位，这次到香溪分明是来者不善，要报金华败北之仇。强龙难压地头蛇，这次肯定是我要败北离开兰溪了。也罢，只得听天由命了，总不能就这样离开，无论如何都得赌上一把。

当天朱文林老板挂出说书曲目牌。“明天朱文林书场重新开书营业”和“金华佬回来了”的消息不胫而走，“金华佬这次要‘吃劲’，周小苟是兰溪说书名流，不是省油灯”“这次是金华兰溪说书大斗台，有热闹了”，真是众说纷纭。这天晚上，是我说书生涯中最无奈的一个长夜。

陈汝明书场和朱文林书场处在同一条香溪老街，相距不到200米，两家老板都是“富农”成分出身，两个书场规模相若，条件不相上下，人缘也难分厚薄，这次输赢就取决于服务态度和说书艺人的功夫。两个书场的龙争虎斗，一时成为香溪镇上最热门的话题。

第二天早场，我在书场里喝茶等客，心里忐忑，见到茶客陆续到来，有的来了又走，走了又来，说两个书场人数差不多，各自猜测输赢，议论纷纷。此刻我已充耳不闻，时间一到我就登台开讲，云里雾里，一切置之度外。此时我心平气和，口若悬河。今天的茶客听众与往日不一样，来来往往走动不停，直到我休息后下半场开讲，听客们才稳坐不动，书场里基本满座。这场书结束，听客们并没有马上离开,而是在继续议论两个书场的人数,有的说差不多,有的说他仔细数过,今天还是金华佬这边多了十几个。我笑笑,给他请了一支利群牌香烟。他给我竖了竖大拇指作为回报。我长长地舒了一口气,老板和老板娘的笑容也灿烂起来。想不到我与周小苟就这样相持了整整四个年头,更奇的是我们两人从未见过一次面。哎,都说同行是仇人,看来古人说的还真是没有错。后来周小苟因身体出了问题,先撤了,而我还是继续留守。

在后来的日子里,陈汝明书场老板娘曾几次暗中和我联系,邀请我去她家的书场开书。而我于情于理又岂能"移门改嫁",总得从一而终。朱文林书场人气不减,"金华佬"成了当地听众心目中的"说书名家",于是乎,1987 年,兰溪香溪镇的朱文林书场被浙江省文化厅评为年度先进文化户。我也因此为金华民间曲艺文化争得一束鲜花,添了些许光彩。

花开花落,自然客观。随着时代和科学技术的进步,社会经济和文化的发展,电子文化娱乐的兴起和时尚产业的发达,广大人民群众的文化消费观念和习惯迅速转变。书场的经济效益根本不能适应社会经济发展给经营户带来的经济收益需求。朱文林书场在社会发展的大形势下,当然也不能一枝独秀。朱文林的大儿子要将书场改办工厂,于是我不得不在 1989 年告别了进驻六年零四个月的兰溪香溪朱文林书场,回到了金华。此时的金华曲艺人基本上已销声匿迹,改行别就。我也只能顺势而为,弃艺从商,做起了汽车配件生意,当上了小老板。

但我与曲艺始终藕断丝连,我还是经常去参加一些由文化馆和曲艺家协会主办的公共文化演出活动,并且还一直担任着曲艺家协会副主席一职,也算是半艺半商,心中总是怀念当年的美好时光和期待着传统曲艺文化的复兴。

临危受命

2006年4月，在金华民间曲艺最低谷时，我却意外地被器重，当选为金华市金东区曲艺家协会第二届理事会主席，有关领导说我这是临危受命。振兴金华民间曲艺文化，让金华民间曲艺来一次涅槃重生成了我的新愿望。路总是人走出来的，我想试试，于是开始艰辛的寻求和探索。

随着社会的进步和科技的创新发展，电娱文化和网络文化相继兴起并蓬勃发展，民间曲艺一时黯然失色。随着时间的推移，曾经在金华火爆流行，群众喜闻乐见的金华道情和金华说书等民间曲艺销声匿迹，几欲退出社会文化舞台，艺人们也纷纷改行别就，另谋生存，曲艺已沉寂了许久。可传统曲艺文化历史悠久，民间底蕴深厚，是中华民族传统文化的精华之一，是社会文化建设不可或缺的一部分，我们有理由让曲艺文化重生和振兴。

2007年3月13日，阳光暖暖、春风徐徐，可谓春光明媚，是春天里也不多见的好天色。这一天，金东区文联召开各协会主席年会，我是第一次以区曲艺家协会理事会主席的身份参加。会议在区政府826会议室召开，这次会议规格较高，不但有区文联主席张根芳出席会议，更有区委副书记张菲菲和区委宣传部部长胡则鸣两位领导莅临会议。我在会议讨论发言时提出：金华道情、金华说书等民间曲艺是金华最草根、最基层、最通俗的一种说唱艺术，也是民间底蕴最深厚的传统文化之一。民间艺人，特别是金华道情的说唱艺人，可以说基本上是一支以艺谋生存的“残疾人”队伍，而且绝大多数集中在金东区——金东区完全可以说是金华道情的大本营。金东区是一个刚成立不久的新区，文化建设也肯定有一个新的开始。金华道情是金华地方文化的“土特产”，是宝贵的非物质文化遗产（2008年6月，被国务院公布为第二批国家级非物质文化遗产）,是金华历史文化的一张金名片。可按当下金东区的曲艺生存状态,如果政府不给予重视和支持,真的很难走出低谷。要想让金东区传统曲艺文化走出低谷,重新振兴,首先要有一个让艺人们展示曲艺艺术风采的平台,让金华道情、金华说书等说唱表演艺术回归百姓民众生活。因为曲艺是非物质文化,只有展示出来,人们才会感觉到它的存在,艺术才有可能得到发挥和进步,才会有影响和传播,才有可能传承、弘扬和复兴。所以,我想创办一个曲艺书场,让协会艺人有个展示才艺的场所,有个可以立足的曲艺之家,这样金东区曲艺文化才会落地生根、开花结果。但现在仅以艺人和协会的这点能力的确心有余而力不足,只有无奈和感叹。所以我希望政府和相关部门能够施以援手,帮助金东区曲艺走出当前的困境。幸运的是当时我的发言得到了领导和其他与会成员的一致认可与支持，张菲菲当即指出:“金东区是个刚成立不久的新区，有区无城,是一个以乡镇为主体的‘三农’区,只有乡镇而没有城市区。金东文化当前也是草根文化为主体,曲艺可以面向农村,你们可以去找一个比较大的、有曲艺底蕴的乡镇作为基地办一个书场。比如孝顺镇、曹宅镇,或其他乡镇。你们先考虑一下，确定一个乡镇后写个计划报告给我，我们再去和乡镇政府协调一下。具体由文联牵头,看看行不行。”她话音一落,顿时响起一阵掌声,我更是好像被打了一支强心针,一时兴奋无比,心想,金东曲艺应该有希望了。

孝顺创办曲艺书场

乘风破浪正宜时，事不宜迟当立行。2007年3月20日，我即召开金东区曲艺家协会理事会扩大会议，特别邀请几个老曲艺人参加，传达区文联会议精神和区委副书记张菲菲的建议意见，参会人员听了都很高兴，一致认为书场办在孝顺镇最合适。孝顺镇历来都是曲艺的“响地”(行话，兴旺的意思)，而且是金东区最大的乡镇，孝顺镇喜好听道情、听说书的人特别多，对曲艺人也很有感情，群众基础好，何况已经几十年没有曲艺响动了，如果在孝顺街上办一个曲艺书场肯定不会错，保证能一炮打响。就这样，曲协理事会扩大会议一致通过了在孝顺镇上创办曲艺书场的建议。

3月23日，我完成了两个报告的起草工作，一是《关于搜集和整理金华地方道情故事的报告》，二是《关于在孝顺镇创办曲艺书场的报告》。先送区文联征求意见，根据区文联意见稍作修改后，于3月27日分别将两个报告呈送给区委副书记张菲菲和区委宣传部部长胡则鸣。3月29日，我邀请老艺人、金华道情说唱名家朱顺根先生一同前往孝顺老街，为创办曲艺书场选址探底。4月9日，我与朱顺根、朱流荣、方和春等四人到孝顺镇政府商议在孝顺镇老街创办曲艺书场之事，当时接待我们的是镇纪委书记兼宣传委员何平，并初步达成合作意向。4月11日，我会同金东区文联副主席叶涛女士到孝顺镇政府递交《关于在孝顺镇创办曲艺书场的报告》。4月24日，我再到孝顺镇政府递交《关于创办曲艺书场的补充报告》。

5月16日，我接到何平的电话通知，到孝顺镇政府商谈书场选址，并确定在位于孝顺老街的上街1号、孝顺溪大桥东桥头，门面朝北临街，室内面积约70平方米的原孝顺区老区委办公用房开办曲艺书场。5月17日，区文联副主席叶涛和区委新闻办主任徐赞一起商量决定，给孝顺曲艺书场取名为孝顺镇和风书社，并报孝顺镇宣传委员何平备案。5 月 30 日，接何平电话通知，孝顺镇党委会经研究决定，同意创办孝顺镇和风书社，将其作为孝顺镇农村文化建设和精神文明宣传的一个窗口。

5 月 31 日，我到孝顺镇政府签订双方合作协议。和风书社由孝顺镇人民政府出资主办，金东区曲艺家协会承办。书社活动以说唱金华道情和金华说书为主，活动演出内容要健康向上，既要传承和弘扬传统文化的精神文明，也要符合当今社会建设发展的文化精神需求。书社活动在每周的星期二、星期四和星期六晚上举行，每场活动时间不少于 2 小时，孝顺镇政府给每一场活动出资补贴人民币 300 元整，并由镇政府提供茶叶、杯具等，让群众免费喝茶听书，每星期三场的常规不变。书社文艺活动的演出人员安排、活动场地的清洁卫生和茶水供应等日常事务由金东区曲艺协会自主负责管理。由此，孝顺镇政府在金华曲艺史上开了由政府出资兴办民间曲艺书场的先河。从当年 6 月初开始，孝顺镇政府就着手安排和风书社的装修、舞台（讲台）桌案等的制作，以及演职人员的办公住宿地点等的筹备工作。

和风书社开张

2007年7月10日，可以说是我最高兴也最难忘的日子——经过几个月的创建筹备工作，这天(星期二)晚上，孝顺镇和风书社终于顺利正式开张。

7月10日，时值仲夏，虽然天气晴热，但也偶有徐徐清风送凉，给人解热消暑。孝顺镇的几条大街上都挂着"热烈庆祝孝顺镇和风书社隆重开张"的横幅，红布黄字的横幅在风中飘动，显得喜气洋洋，人们奔走相告，相互传递着这一喜讯。下午6时不到，和风书社门口早就挤满了人。和风书社大门口朝北临街，门梁顶上竖着一块长5米、高2米，用铁架固定的喷绘布牌匾，喷绘的图案由一幢古老建筑物和道情祖师爷、八仙之一的张果老像组合而成，牌匾中间"孝顺镇和风书社" 七个大字是以孝顺镇书法家协会主席俞新安的草体书法写就的。书社内舞台的背景喷绘图案是孝顺镇新城区的建筑景观风光，"孝顺镇和风书社"七个字在背景图案中排成半月形，有一种洞天福地的感觉，半月形下是"金东区曲艺家协会"八个字，再下方是"孝顺镇人民政府"七个字，字体都是描红边的正楷。曲艺说唱台高50厘米、长4米、宽2米，由实木箱框构造拼装而成，可拆装移动。台上用红地毯铺垫，前沿摆一张深红色的书案桌，案桌前方挂一幅大红色的、绣龙凤呈祥图案的、下有金黄色流苏的桌裙。这幅桌裙是孝顺老书法家金岳松庆祝和风书社开张的贺礼。案桌后方摆着一张老式的松木交椅。整个书社内是一排一排摆放整齐的斑马线型靠背长凳。书社内东墙的台角和书社门口靠西边墙角各摆一只音箱，都用焊接铁架固定。台上左边摆放着音响功放调音设备。音响喇叭正在播放金华道情曲目，显示出传统民间曲艺和现代科技的融合创新。书社内和书社门口附近的街路上人头攒动，笑声飞扬。

这是金东区曲艺家协会的头等大事，也是金华曲艺史上前所未有的大喜事。协会会员和老艺人大都赶到了现场。因为这是书社开张的首场演出，节目都做了精心安排，是金华曲艺的大会餐，道情、说书、故事、小品、口技、快板、双簧、独角戏、小锣书等都要登台亮相。当晚担纲演出的艺人有朱顺根、朱流荣、方和春、黄建亮、邵业根、朱有权、傅海菊、施慧萍、陈素琴、王巧妙、钱祥俏、项爱仙、赵洁、赵雪玲、叶振中等。参加和风书社开张典礼的领导嘉宾有金东区文联主席张根芳、副主席叶涛，孝顺镇纪委书记、宣传委员何平，义乌市曲艺家协会主席叶英盛及其徒弟楼忠义等。金华电视台新闻综合频道、《金华日报》等媒体的记者都到现场等待采访和拍摄孝顺镇和风书社开张盛况。临近晚上7时，烟花爆竹齐鸣，场面热闹非常。7时整，我手握话筒上台，说了一声"大家晚上好"，响起一阵掌声后，人们很快安静下来，我说了几句简单的开场白后，就请孝顺镇纪委书记、宣传委员何平致辞，现场立时又响起一阵热烈的掌声。何平讲话结束后我宣布：和风书社开张文艺节目演出现在开始，第一个节目是金华道情传统节目《大八仙》，有请金华道情名家、澧浦街的"小白痴"朱顺根闪亮登场！久别的金华道情，久别的"小白痴"，顿时又引发一阵热烈的掌声和交头接耳的骚动。记者们的摄像头立刻开始忙碌起来。朱顺根开唱前，先起手敲出一阵节奏急促、奔放热烈的道情起唱前奏曲，叫作《喜迎宾》，是道情筒和竹夹板一起敲打的"七记花板巧连环"板调。这是朱顺根最拿手的道情伴奏曲牌，也是金华道情曲艺的一门绝技，还没开唱就吊足了观众的胃口，掌声四起，欢声不断。朱顺根的《大八仙》演唱完后，其他节目就轮番登场表演。这天晚上的观众估计超过300人，人气空前火爆。后来我曾写过一篇《记孝顺和风书社》的文章以记当时开张之盛况。这篇文章曾在《八咏》杂志和《金华晚报》先后刊登。

孝顺和风书社的开张，在当时犹如一个炸响的春雷，震醒了沉寂已久的金华传统曲艺文化界，引得各路新闻媒体纷至沓来。和风书社开办十余年，先后就有《金华日报》《金华晚报》《浙江日报》《钱江晚报》《宣传半月刊》《今日金东》《农民日报》，浙江电视台钱江频道，金华电视台《新闻节节棒》《小马开讲》《天天三句半》《百姓零距离》《今晚九点半》《新农村》等媒体的记者到和风书社采访报道，取得了较好的社会影响和文化成果，也得到了孝顺镇党委政府以及上级党委政府和文化部门的充分肯定和重视。在以文化育文明、倡导文明健康生活方式、引导群众移风易俗、促进社会和谐、保护和传承非物质文化遗产、弘扬民间优秀传统文化等方面都起到了极其积极、重要的作用。

2007—2018年记事

●2007年记事

7月12日（星期四）晚开始，按和风书社在每星期二、四、六晚上举行活动的既定方案，正式开始以说书和唱道情为主的常态化曲艺说唱活动，从此和风书社一年四季，无论春夏秋冬、严寒酷暑都是风雨无阻地照常活动。当晚第一个出场上台表演的是金东区曲艺家协会会员、金华说书艺人方和春，他演说的故事是《伍秋月》。接着就是朱顺根上台开始说唱传统正本道情《双珠花》（又名《岭下朱抢亲》），将在每星期二、四、六晚上接续说唱直至正本唱完。每天晚上都有故事、道情、摊头等短小节目加演，然后继续说唱正本道情续集节目。这种活动模式基本不变动。每个活动日都由盛根旺负责主持。加演节目安排，维持书社活动秩序安全，书社茶水供应、清洁卫生等日常事务都由盛根旺自主管理。若有重要事项发生，由盛根旺直接和孝顺镇政府联系。和风书社在孝顺镇政府和孝顺广大民众的支持下扬帆起航。

8月11日（星期六）晚，朱顺根的《双珠花》说唱结束，改由区曲协会员、道情老艺人施存草说唱传统道情《还魂带》和《飞刀记》两部正本长篇。

9月13日（星期四）晚，金东区委宣传部部长胡则鸣、区文联常务副主席叶涛与《金华日报》《金华晚报》及金华电视台等媒体的10多位记者一起到和风书社观看演出和采访。14日，《金华晚报》刊出采访报道文章；14日晚上，金华电视台《小马开讲》栏目播映孝顺和风书社活动电视片；15日，《金华日报》头版头条大篇幅刊登文章报道孝顺和风书社的活动情况并附采访照片；17日晚上，金华电视台《金东新闻》栏目再次播映报道孝顺和风书社演出活动。

10月2日（星期二）晚，施存草说唱的《还魂带》和《飞刀记》结束，调换民间说书艺人蔡德渊演说长篇传统书目《金台传》。

10 月 23 日(星期二)晚上,《金台传》结束,调换区曲艺协会会员、道情艺人陈汝宝说唱传统道情《朝龙宝扇》。

10 月 30 日(星期二)下午,和风书社应邀组织区曲艺协会部分艺人参加在孝顺镇低田村举行的金华市第二届新农村青年文化节开幕式暨农民“种文化”故事大王 PK 赛的节目演出活动,整个活动由盛根旺全程主持。

11 月 3 日(星期六)晚,道情《朝龙宝扇》结束,当晚特别邀请义乌道情说唱名家、中国曲艺家协会会员、义乌市曲艺家协会主席、国家级非遗项目金华道情代表性传承人叶英盛到孝顺和风书社说唱传统道情《双玉球》和《玉如意》,并由其徒弟楼义忠说唱开场短篇《姑娘和嫂嫂》。

11 月 8 日(星期四)晚,金华电视台经济生活频道到孝顺和风书社作专题采访,并于次日晚上在《新闻节节棒》栏目中播映,专题内容主要是由盛根旺演说的新故事《三考村长》,并作为新农村文化题材作品上送浙江省电视台。

11 月 17 日(星期六)晚,叶英盛说唱结束,调换金华说书民间艺人陈云山演说传统书目《三门街》。

12 月 8 日(星期六)晚,《三门街》结束,调换施存草说唱传统道情《借伞记》和《借银记》。

●2008 年记事

1 月 8 日(星期二)晚,《借银记》结束,调换朱顺根说唱传统道情《双刀记》。

1 月 17 日(星期四)晚,金华电视台教育科技频道《百姓零距离》栏目到孝顺和风书社进行专题采访,拍摄制作专题片《魅力乡村》,1 月 21 日晚上开始在栏目中播映。1 月 31 日(星期日)晚上,道情《双刀记》说唱结束。

春节休假停演。

2 月 23 日(星期六)晚,春节后和风书社演出活动继续,第一场由朱顺根开始说唱传统长篇道情《绿牡丹》。

4月17日(星期四)晚，金华电视台新闻综合频道记者到和风书社采访，拍摄制作《新农村文化》专题片，4月27日晚上在《金华新闻联播》栏目播出。

5月8日(星期四)晚，朱顺根的《绿牡丹》说唱结束，调换说书艺人方和春演说传统书目《三侠五义》。

5月10日(星期六)晚上，因为要宣传四川汶川地震救灾情况，在曲艺节目演出开始前由盛根旺宣讲当时全国人民救灾动态和献爱心捐款捐助等相关新闻信息。此后，和风书社增加了一个专设栏目《老盛说新闻》。该栏目一直由盛根旺主持，每场一说，成为和风书社的一个特色栏目。盛根旺以《金华日报》《金华晚报》《今日金东》《钱江晚报》等报媒为依托，选择一些与民生息息相关的新闻报道，用方言说书的形式对新闻事件进行加工处理，使之更加故事化、现场化、形象化，突出方言韵味，独树一帜，深受广大民众特别是老年群体的青睐和欢迎。到和风书社听《老盛说新闻》的人越来越多，并使当地民众形成一种常态化的生活习惯，大大增加了和风书社的亲和力和影响力，该栏目也成了和风书社久盛不衰的一个特色品牌。

5月27日(星期二)晚，说书《三侠五义》结束，调换施存草说唱传统道情《连环扣》。

6月5日(星期四)上午，孝顺老年大学举行专场故事会，特邀和风书社负责人盛根旺演讲时事新闻和故事，从此，和风书社与孝顺老年大学进行长期合作，每年两个学期两节故事会专场课程，都由盛根旺主讲，长达10余年。

6月17日(星期二)晚，金华市政协、金东区政协部分委员到孝顺和风书社进行“民间非遗文化”专题调研并观看演出。为此，和风书社特别组织艺人增加文艺节目，举行专场演出，得到市区政协委员的好评。当晚，道情《连环扣》说唱结束，调换区曲协会员叶永生说唱传统道情《紫金鞭》。

7月3日(星期四)上午和下午，和风书社为迎接浙江省新农村建设现场会的省领导预备视察活动，分别在孝顺镇的下范村和车客村举行文艺节目演出活动，晚上和风书社照常规活动。

7月9日(星期三)晚,根据新农村文化建设和村民群众需求,孝顺镇政府在下范村成立孝顺和风书社下范分社并举行开张演出活动。从此下范分社定期在每星期的星期三和星期日晚上举行曲艺演出活动, 活动形式与孝顺和风书社相同,每周两场,寒暑风雨不变。

7月10日(星期四)晚,孝顺和风书社举办一周年庆典活动,孝顺镇纪委书记、宣传委员何平莅临庆典活动并讲话。同时金东区文化局文化科科长朱献新陪同杭州师范大学的57名师生到和风书社采风并观看演出。是晚共演出10个曲艺节目,演出时长超出两小时。参加演出的有盛根旺、黄建亮、朱流荣、叶永生、朱有权、傅海菊、陈素琴、许雁秋等14人。不但和风书社挤满了观众,就连门外的街路上和上街大桥上都挤满了人, 当时有观众说估计要超过300人。

7月12日(星期六)上午,金东区司法局携手和风书社在车客社区中心进行普法宣传, 在文艺节目演出中增加普法节目, 由盛根旺主讲普法主题故事《特殊借条》。晚上,孝顺和风书社叶永生说唱的道情《紫金鞭》结束,调换为传统道情《小八义》。

7月20日(星期日)下午,和风书社为迎接浙江省新农村建设现场会,在下范分社排练相关的文艺演出节目,孝顺镇镇长郑志朝和镇纪委书记、宣传委员何平两位领导到现场指导。

7月22日(星期二)上午,和风书社为迎接浙江省新农村建设现场会的首批省领导(前站)到下范村参观,在下范分社演出文艺节目。

7月24日(星期四)上午,省委书记夏宝龙和副省长茅临生等领导带领参加浙江省新农村建设现场会的其他市区领导及金华市、金东区、孝顺镇政府以及区属各乡镇领导到下范村参观, 和风书社在下范分社举行迎接文艺演出活动。至此,迎接浙江省新农村建设现场会文艺节目演出活动圆满结束,和风书社品牌在全省打响。

8月23日(星期六)晚,叶永生的《小八义》说唱结束,接续说唱传统道情《大红袍》。

9 月 2 日(星期二),盛根旺收到省级曲艺专刊《浙江曲艺》,他撰写的《曲艺复兴之希望——孝顺镇和风书社现象浅析》一文在刊物上发表。此文在 2011 年 12 月浙江省文化厅举办的第二届曲艺发展论坛中荣获二等奖。

9 月 8 日(星期一)晚,孝顺镇和风书社车客分社正式开张并举行曲艺演出活动,此后每个星期一晚上正常活动,一年四季、寒暑风雨不变。

9 月 25 日(星期四)晚,叶永生的道情《大红袍》说唱结束,调换施存草说唱传统道情《七星剑》和《八卦图》。

10 月 20 日(星期一)下午,孝顺镇政府在孝顺镇中心小学大操场隆重举行“孝顺改革开放 30 年‘魅力孝顺’庆典”文艺大汇演活动。应孝顺镇政府事前预约,由和风书社创作排练的男女四人混合说唱的群口道情《新孝顺新气象》作为本次庆典汇演活动的主题文艺节目正式开演。整台文艺节目演出由浙江省电视台《新农村》栏目全程录制。

11 月 18 日(星期二)下午,和风书社为迎接浙江省委常委、宣传部部长葛慧君等省领导到孝顺镇下范村考察新农村文化建设工作,在下范分社演出一场文艺节目。

11 月 19 日(星期三)上午,浙江省委常委、宣传部部长葛慧君在孝顺和风书社车客分社举行科学发展观民主恳谈会。盛根旺作了题为“新农村文化建设的奇葩——孝顺镇和风书社”的发言。葛慧君在会议总结时指出,孝顺镇和风书社的文化模式值得向全省推广,是先进农村文化建设的一个典范。

11 月 21 日(星期五)下午,和风书社为迎接金华市和市属各县(市、区)领导干部到下范村参观新农村文化建设工作,在下范分社演出一台文艺节目。

12 月 6 日(星期六)晚,施存草的《七星剑》和《八卦图》两本道情全部说唱结束,调换朱流荣说唱传统道情《玉连环》,直到 12 月 23 日晚上说唱结束,再调换朱顺根说唱传统道情《梅花桩》。

●2009年记事

1月13日(星期二)晚,《浙江日报》记者在金东区委宣传部副部长徐赞的陪同下到孝顺和风书社作专题采访,和风书社在接到预约通知后,事先安排增加文艺演出节目。参加演出的有朱有权、王巧妙等8人。1月19日,《浙江日报》第六版整版面刊出文章报道孝顺和风书社。

1月20日(星期二)晚,朱顺根的《梅花桩》说唱结束。

春节和风书社休假停演。

2月12日(星期四)晚,和风书社春节后第一场曲艺演出由朱顺根开唱传统道情《天宝图》。

4月11日(星期六)晚,金华赤松黄大仙宫当家主持罗美玉道长和钱再欣道长专程到孝顺和风书社听道情,作非遗文化交流,和风书社特别增加叶永生、叶振中、朱流荣等3人说唱道情摊头节目。

5月14日(星期四)晚,朱顺根的《天宝图》说唱结束,调换叶永生说唱传统道情《双珠球》《万花楼》《五虎平西》等三部道情曲目,一直接续说唱。

7月9日(星期四)晚,和风书社举行两周年庆典,增加演出节目和人员。傅海菊、施惠萍、傅得能、黄建亮、谢文记等10人参加演出,孝顺镇宣传委员何平、文化站站长王建生参加庆典活动。

9月2日(星期三)晚,和风书社为庆祝下范村被评为省级文化先进村,在下范分社举行专场曲艺演出活动,金华电视台综合频道到现场全程录制视频并报送省文化厅。

9月5日(星期六)晚,金东区委宣传部、孝顺镇党委政府、《浙江日报》在和风书社共同举办"庆祝新中国成立60周年曲艺演唱会"专场,由盛根旺作主题创作、叶永生说唱的金华道情节目《"双60"——我的心里话》得到与会领导、记者及观众的一致好评。参加演出的还有快板书《新农村》、表演唱《迎国庆》、诗朗诵《我爱这土地》等10余个节目。9月7日,《金华日报》《金华晚报》都在头版报道孝顺和风书社此次活动。9月8日,《浙江日报》第七版整个版面报道孝顺和风书社此次活动,并全文刊出金华道情作品《"双60"——我的心里话》。

9月30日(星期三)晚,和风书社应邀为孝顺镇福利企业万鑫公司举行“庆祝新中国成立60周年暨中秋节联欢文艺晚会”专场演出文艺节目,晚会由盛根旺主持。

10月1日(星期四)晚,和风书社举行“庆祝新中国成立60周年”曲艺专场演出活动。

10月27日(星期二)晚,叶永生的道情《五虎平西》说唱结束,调换施存草说唱传统道情《金银牌》。

11月16日(星期一)下午,金华市文广新局、金华市非物质文化遗产保护中心、金东区教文体局等相关部门领导到孝顺和风书社进行实地考察,并确定和风书社为金华市非物质文化遗产展示培训基地。

11月28日(星期六)晚,施存草的《金银牌》说唱结束,改唱《双子记》。

12月10日(星期四)下午,为迎接浙江省老年人体育协会理事会扩大会议代表团到孝顺镇下范村参观,和风书社在下范分社举行文艺节目演出活动,得到代表团成员和下范村民的一致好评。

●2010年记事

1月5日(星期二)下午,金华道情名家朱顺根收谢文记为徒,收徒仪式在和风书社举行,这是和风书社创办以来第一次举办传统收徒仪式。仪式的礼仪本身就是一种非物质文化遗产,更是金华道情曲艺复兴的一个象征。仪式引起多方关注,许多孝顺村民到现场观看,金华电视台《天天三句半》栏目专程到孝顺镇和风书社现场进行采访拍摄,并制作专题片于1月7日晚上在栏目中播映。

1月14日(星期四)晚,施存草的《双子记》说唱结束。为开展曲艺异地交流,特邀请义乌道情艺人刘珠明到孝顺镇和风书社说唱传统道情《蛟龙宝扇》和《麒麟豹》,直到2月6日(星期六)晚上结束。

春节休假停演。

3月2日(星期二)晚,和风书社春节后继续演出活动,由朱顺根开始说唱传统道情《吞蛇记》。

3月4日(星期四)晚,金东区纪委和金东区文联共同在孝顺和风书社举办"廉政曲艺演唱会",金东区监察局副局长王新永和区文联主席曹波及孝顺镇纪委书记何平等领导莅临观看演出。根据金东区纪委事前约稿,由盛根旺创作,经区纪委审稿再由谢文记练习说唱的金华道情《三送礼》是演唱会的主题节目,受到在场领导和观众的一致好评。此后,谢文记先后在各种场合说唱道情节目《三送礼》达100多场次。

3月20日(星期六)晚,朱顺根的《吞蛇记》说唱结束,改唱传统道情《粉妆楼》到7月8日(星期四)晚上。因朱顺根有事告假,道情《粉妆楼》中止,由其徒弟谢文记说唱传统道情《黄犬告状》。

7月10日(星期六)晚,和风书社举行三周年庆典活动,金东区曲艺家协会33名会员艺人参加演出活动。金东区监察局副局长王新永、区文联主席曹波、区民政局民政科科长叶光除、孝顺镇纪委书记何平等领导莅临庆典活动。《金华日报》、金华电视台《百姓零距离》栏目等媒体到现场采访。庆典活动先由盛根旺作和风书社三周年总结报告,再请孝顺镇纪委书记何平致辞,然后演出文艺节目。共17个文艺节目参加演出,演出时长近3小时,观众达300余人。

7月17日(星期六)晚,浙江师范大学学生共30余人在金东区文化局文化科科长朱献新的带领下到孝顺和风书社参观调研曲艺非遗文化活动。在曲艺艺术气氛的感染下,有几个大学生激情登台演出节目,赢得观众的阵阵掌声和一片叫好声。谢文记的《黄犬告状》说唱结束,由朱顺根接续说唱传统道情《粉妆楼》。

8月12日(星期四)晚,浙江省委宣传部《宣传半月刊》的方超、文人可两位记者在金华市委宣传部宣传处处长庄文亮、金东区委宣传部副部长徐赞、金东区文联主席曹波和金东区新闻办主任小严等领导的陪同下到孝顺和风书社作专题采访。后在浙江省委宣传部《宣传半月刊》2010年9月下半期"人物纵横”版块发表采访文章《弹琴说新闻——记金华市孝顺镇和风书社说书人盛根旺》并附照片。当晚朱顺根的《粉妆楼》说唱结束，调换叶永生说唱传统道情《月唐演义》。

9月28日(星期二)晚，叶永生请事假，道情《月唐演义》中止待续，由谢文记说唱传统道情《尼姑记》到10月5日晚上结束。由朱流荣说唱的传统道情《七星剑》到10月26日晚上结束，由叶永生接续说唱《月唐演义》。

11月4日(星期四)，《浙江日报》第二版发表报道介绍孝顺镇和风书社和《老盛说新闻》的文章。

11月12日(星期五)上午，在孝顺和风书社的带动和影响下，曹宅镇政府与金东区曲艺家协会携手创办的曹宅镇北麓书院举行隆重的开张庆典和揭牌仪式。金华市委宣传部领导和金东区委宣传部部长胡则鸣为北麓书院揭牌。揭牌仪式结束后就在书院内举行文艺节目演出活动。曹宅镇北麓书院活动模式与孝顺和风书社相同，先是《老盛说新闻》，然后以说唱金华道情为主要活动内容，不同的是曹宅北麓书院的活动是在曹宅镇上每逢农历一、四、七日的集市日上午举行，每月九个场次。由于在集市日上午活动，赶集市的人来自四面八方，传播快，影响大，人气越来越旺，影响力辐射周边的源东、鞋塘、塘雅、赤松等乡镇，成为曹宅镇农村文化建设的一道亮丽的风景线。

11月22日(星期一)下午，为推动非遗文化进校园，和风书社在孝顺镇中心小学举行金华道情培训班开班仪式。这是和风书社第一次在校园开办培训班，金华电视台《新闻节节棒》栏目到现场采访，并在11月23日晚上和24日上午相继播映报道。

12月7日(星期二)晚，叶永生的《月唐演义》说唱结束，接续说唱《龙凤宝钗缘》到2011年1月27日(星期四)晚上结束。

●2011年记事

春节休假停演。

2 月 19 日(星期六)晚,和风书社春节后开始第一场演出活动,由朱顺根说唱传统道情《文武香球》到 6 月 28 日(星期二)晚上结束,接续说唱传统道情《阴阳壶》。

6 月 30 日(星期四)晚,和风书社隆重举行"中国共产党建党 90 周年庆典曲艺专场"演出活动,共演出 9 个曲艺节目,主题节目是孝顺镇党委政府事前预约,由盛根旺创作、谢文记演唱的道情《难忘"七一"记心上》。孝顺镇宣传委员何平、文化站站长王建生参加庆典活动。

8 月 16 日(星期二)晚,朱顺根的《阴阳壶》说唱结束,接续说唱传统道情《百花龙袍》到 9 月 29 日(星期四)晚上结束,调换施存草说唱传统道情《借银记》。

10 月 15 日(星期六),《金华日报》头版头条刊登文章《金东创新"书院模式"传承民间文艺》,介绍孝顺和风书社和曹宅北麓书院的活动情况和意义,文章指出,这是示范带动全区农村文化建设的创新之举。

11 月 1 日(星期二)晚,施存草的《借银记》说唱结束,调换义乌花鼓民间艺人贾来香说唱传统花鼓曲目《龙凤再生缘》。

12 月 15 日(星期四)晚,贾来香的花鼓曲目《龙凤再生缘》说唱结束,调换叶永生说唱传统道情《龙凤钗佩》到 12 月 27 日(星期二)晚上结束,接续说唱传统道情《二度梅》到 2012 年 1 月 17 日(星期二)晚上结束。

●2012 年记事

春节休假停演。

2 月 7 日(星期二)晚,和风书社春节后继续曲艺演出活动,首场由朱顺根开始说唱传统道情《五女兴唐》。

3 月 3 日(星期六)晚,孝顺和风书社迎来了外国贵宾。日本富山大学教授矶部祐子等三位贵宾在金东区文联原主席、金东区民间文艺家协会主席张根芳的陪同下到和风书社调研观看曲艺演出,了解金华道情的历史渊源、唱法技巧、传承与发展等情况，并在现场录音录像。根据日本教授的要求，由盛根旺提供了一些有关金华道情的文字资料。矶部祐子教授表示，要把这些金华道情的文字、录音录像等资料珍藏于日本富山大学的文学馆内。

4 月 17 日（星期二）晚，广东省潮州市电视台在金华电视台“38 频道”记者的陪同下到孝顺和风书社采风，了解关于金东区农村文化建设和书社、书院的运作活动情况及金华道情的有关历史与特色。

4 月 22 日（星期日）上午，和风书社携手金华电视台“38 频道”在孝顺镇下范村村民文化广场举办“观众节”和“达人秀”活动，演出文艺节目和曲艺达人秀，得到电视台领导和工作人员及现场观众的一致好评。

5 月 3 日（星期四）晚，朱顺根的《五女兴唐》说唱结束，接续说唱传统道情《双龙寺》。

5 月 17 日（星期四）下午，和风书社为迎接美国印第安纳州马里恩市友好访问代表团到孝顺镇下范村参观访问，在和风书社下范分社举行文艺节目演出活动。

7 月 10 日（星期二）晚，和风书社隆重举行五周年庆典活动，金东区委宣传部副部长陈献军，区文联主席曹波、副主席潘志余，区文化馆副馆长戴东明，孝顺镇人大主席何平，孝顺镇宣传委员陈岚等相关领导莅临参加庆典活动。活动有 12 个曲艺文艺节目，18 人参加演出，观众云集，气氛热烈非常。金华电视台《天天三句半》栏目到现场采访并拍摄庆典盛况。由盛根旺创作、叶永生说唱的以暑假学生儿童防溺水保平安为主题的道情节目《流泪的暑假》受到电视台记者的特别关注，后在《天天三句半》栏目中作为专题报道播出。

7 月 12 日（星期四）下午，浙江师范大学的来自乌克兰、坦桑尼亚等地的外国留学生，在孝顺镇文化站站长王建生的陪同下到和风书社学习金华道情说唱艺术，和风书社安排朱流荣担纲负责金华道情说唱教唱工作，学习为期四天。和风书社为推广金华道情曲艺艺术进高校、出国门作出了一份有历史意义的贡献。

7 月 20 日（星期五）上午，和风书社参加由金华电视台“38 频道”在孝顺镇祥里村举办的由金东区人民政府和孝顺镇人民政府共同主办的“金东区首届葡萄节”大型文艺演出活动。和风书社组织42位演员参加这次文艺节目演出，极大地提高了和风书社在社会文化界的影响力和知名度，增加了社会文化活动的参与度。

7月28日（星期六）晚，朱顺根的《双龙寺》说唱结束，调换金东区曲协会员、老艺人周根产说唱传统道情《仙女宝图》。

9月13日（星期四）晚，周根产的《仙女宝图》说唱结束，调换叶永生说唱传统道情《好逑记》。

9月21日（星期五）上午，和风书社接到特殊任务，金华市档案馆要到和风书社录制金华道情说唱名家朱顺根的经典道情短篇曲目《猫头鹰抢亲》，作为金华方言曲艺资料保存于档案馆。盛根旺陪同朱顺根专程到和风书社完成此项工作。

9月26日（星期三）下午，和风书社在曹宅北麓书院进行社院联合，共同举办由金东区委宣传部和金东区新闻传媒中心（《今日金东》报社）共同主办的“金华道情喜迎‘十八大’曲艺PK大赛”活动。金东区委宣传部部长羊代平、金东区新闻传媒中心主任曹波、曹宅镇宣传委员和文化站站长等领导参加活动，并全程观看赛事演出。更值得一提的是，这次赛事由4个老农民听众当评委打分，是一次空前的创新。在这次赛事中，由盛根旺创作、谢文记说唱的道情节目《三让位》荣获一等奖。盛根旺创作、胡云钱说唱的道情《张顺章喜迎“十八大”》和曹览仙说唱的传统道情《十字莲花》获二等奖，有7个节目获三等奖。

10月13日（星期六）晚，叶永生的《好逑记》说唱结束，改说唱传统道情《九美图》。

10月25日（星期四）上午，金华市委宣传部部长何杏仁在金东区委宣传部部长羊代平，金东区文联、金东区新闻传媒中心有关人员，以及孝顺镇党委书记潘业龙、宣传委员陈岚等领导的陪同下，到下范村视察农村文化建设工作，和风书社在下范分社负责迎接文艺节目演出活动。这次迎接演出的主题节目是由盛根旺创作、胡云钱说唱的金华道情《张顺章喜迎“十八大”》。

10 月 27 日(星期六)晚,叶永生的《九美图》说唱结束,调换金东区曲协会员王加兰说唱传统道情《绿牡丹》。

11 月 8 日(星期四)上午,孝顺镇政府在和风书社举办“热烈庆祝中共十八大胜利召开”曲艺演出专场,孝顺镇党委宣传委员陈岚致贺词。《浙江日报》《金华日报》《今日金东》等报社媒体的记者到现场采访报道。曲艺专场的主题节目是由胡云钱说唱的金华道情《张顺章喜迎“十八大”》,共演出曲艺节目 8 个。

11 月 15 日(星期四)晚,金华电视台新闻综合频道专程到孝顺和风书社拍摄由胡云钱说唱的金华道情《张顺章喜迎“十八大”》专题片。

11 月 29 日(星期四)晚,金东区委组织部在孝顺和风书社举办“学习宣传十八大精神”共产党员宣讲活动。金东区、孝顺镇相关领导参加活动。《今日金东》报社记者到现场采访报道。由盛根旺主讲题为“‘十八大’中的新农村”的新闻宣讲。活动的专题影视片在金华电视台新农村频道《金东新闻》栏目播出。

12 月 13 日(星期四)晚,王加兰的《绿牡丹》说唱结束,调换叶永生说唱传统道情《再生缘》到 2013 年 2 月 5 日(星期二)晚上结束。

●2013 年记事

春节休假停演。

2 月 26 日(星期二)晚,和风书社演出活动春节后继续,由朱顺根说唱传统道情《龙凤玉环》。

3 月 27 日(星期三)上午,和风书社应金华市广播电台邀请,由盛根旺和胡云钱两人到金华广播电台广播直播间参加活动。盛根旺与电台播音员刘小燕对话直播农村文化建设,介绍孝顺和风书社和曹宅北麓书院的相关活动情况,并现场说了一段新闻。接着由胡云钱说唱金华道情《张顺章喜迎“十八大”》。录制节目在金华广播电台连续播出三个月。

4 月 9 日(星期二)下午,和风书社为了推动地方曲艺非物质文化遗产进校园，再次在孝顺镇中心小学举行金华道情培训班开班仪式，成功创办金华市第一个金华道情校园培训班，为非物质文化遗产的传承吹响了冲锋号。

6 月 3 日（星期一）下午，浙江省委宣传部常务副部长胡坚一行在金华市和金东区相关领导的陪同下，到孝顺镇下范村调研农村文化礼堂建设工作。和风书社负责迎接，在下范分社举行一场综合性文艺节目演出活动。

6 月 8 日（星期六）下午，浙江省文化厅厅长金兴盛一行在金华市及金东区相关领导的陪同下，到孝顺镇下范村调研农村文化礼堂建设工作。和风书社负责在下范分社迎接，并举行文艺节目演出活动。

6 月 8 日（星期六）晚，朱顺根的《龙凤玉环》说唱结束，改唱传统道情《飞刀记》。

7 月 16 日（星期二）下午，温州大学的男女学生共 25 人到孝顺和风书社学唱金华道情。和风书社举行了隆重的开班仪式，金华市文联、金东区文联、金东区教文体局等相关领导莅临参加培训班开班仪式。《金华日报》、《今日金东》、金华电视台《天天三句半》栏目等新闻媒体的记者到现场采访报道。这次培训为期七天，由金华道情说唱老艺人叶永生负责培训班教唱工作。这次培训班不但扩大了和风书社的影响力，同时对非物质文化遗产的传承和弘扬起到了很大的推动传播作用，是和风书社的一件大喜事。

7 月 19 日（星期五）上午，和风书社在下范分社（下范村文化大礼堂）举行“7 岁蒙童开蒙礼”传统活动，当时在金华召开的浙江省农村文化建设工作现场会的所有领导和其他与会人员都莅临观摩。开蒙礼由盛根旺全程主持，得到了省、市、区、乡镇各级领导和文化界人士的一致好评，和风书社的知名度得到进一步扩大和提高。

9 月 23 日（星期一）上午，和风书社在金华城隍庙（市非遗保护中心）举行金华市非物质文化遗产展览馆开馆仪式的道情曲艺专场演出活动，活动由盛根旺全程主持。

9 月 27 日（星期五）晚，由金华市民政局、金东区委宣传部和孝顺镇人民政府联合主办，金华成泰银行承办的“富美孝顺，幸福相约——送金融知识下乡”文艺晚会在孝顺泰隆广场隆重举行，由和风书社担纲晚会文艺节目演出活动。

10月11日（星期五）下午，和风书社在孝顺镇南仓村文化大礼堂举行南仓分社成立开张庆典活动，活动由孝顺镇文化站站长王建生亲自主持。此后，孝顺镇和风书社南仓分社固定在每星期三晚上进行活动，每星期一场，无论春夏秋冬、寒暑风雨都不变。

11月8日（星期五）上午，孝顺镇开展环境卫生综合整治实施工作，启动仪式在和风书社举行，和风书社创作主题节目快板书《美丽孝顺靠大家》并演出一台文艺节目。

11月12日（星期二）晚，浙江电视台钱江都市频道《美丽非遗》栏目工作组一行6人专程到和风书社拍摄录制有关金华道情、金华说书及《老盛说新闻》的活动专题片。

11月23日（星期六）晚，朱顺根的《飞刀记》说唱结束，调换周根产说唱传统道情《五女三宝记》。

12月30日（星期一）晚，金东区委宣传部宣传拍摄工作组一行4人到和风书社下范分社拍摄“农村文化礼堂种文化”专题片，并报送到浙江卫视播映。为了丰富专题片的内容，和风书社组织人员增加演出节目，有金华道情、快板、小品、表演唱等，得到摄制工作组和下范村民的一致好评。

●2014年记事

1月4日（星期六）晚上，周根产的《五女三宝记》说唱结束，调换义乌市道情说唱艺人杨菊芳说唱传统道情《合同记》，到1月25日（星期六）晚上结束。

春节休假，暂停演出活动。

2月15日（星期六）晚，和风书社春节后继续演出活动，首场由叶永生说唱传统道情《撞船记》到3月8日（星期六）晚上结束，接续说唱传统道情《双凤奇缘》。

3 月 21 日(星期五)上午,金东区政府副区长朱茂丹、金东区文联主席陈妙花带领全区各乡镇宣传委员和文化站站长到孝顺和风书社和曹宅北麓书院进行调研活动,具体了解书社书院运作情况和曲艺文化事业的发展情况,并在曹宅北麓书院观看曲艺节目演出。曲艺节目演出前,朱茂丹副区长作简要讲话,然后和大家一起观看节目演出。

4 月 1 日(星期二)晚,叶永生的《双凤奇缘》说唱结束,接续说唱传统道情《雕屏记》和《黑虎闹东京》到 5 月 10 日(星期六)晚上结束。调换杨菊芳说唱传统道情《火烧双林寺》到 6 月 24 日(星期二)晚上结束。调换王加兰说唱传统道情《盗印记》到 7 月 15 日(星期二)晚上结束,接续说唱传统道情《万年青》。

7 月 21 日(星期一)上午,孝顺镇司法所邀请盛根旺以和风书社负责人的名义,给全镇矫正人员上司法课,主讲内容是社会上犯罪的一些案例,让矫正人员有所感悟和启迪。

7 月 24 日(星期四)上午,孝顺镇白溪村隆重举行白溪村旅游养生民宿启动仪式,和风书社为启动仪式演出一台文艺节目,助力乡村旅游事业发展。

8 月 19 日(星期二)晚,王加兰的《万年青》说唱结束,接续说唱传统道情《龙凤帖》到 9 月 6 日(星期六)晚上结束,调换周根产说唱传统道情《乌鸦记》到 9 月 23 日(星期二)晚上结束,调换叶永生说唱传统道情《还魂记》。

11 月 25 日(星期二)晚,金东区纪委和金东区文化馆在孝顺和风书社举行廉政曲艺联欢晚会,金东区纪委特约盛根旺创作的廉政主题节目金华道情《一个新书包》由胡云钱说唱,得到参加晚会的领导和观众的一致好评。后来胡云钱多次被邀请在各个文化文艺活动场所说唱道情节目《一个新书包》,宣传廉政文化。

12 月 2 日(星期二)晚,叶永生《还魂记》说唱结束,接续说唱传统道情《包公奇案》和《透龙剑》。

●2015 年记事

1 月 25 日(星期日)上午,中央电视台中文国际频道《记住乡愁》栏目组到金东区傅村镇山头下村拍摄有关古村落乡愁的纪录片,邀请和风书社配合,盛根旺和谢文记两人作为和风书社代表到傅村镇山头下村积极配合栏目组的拍摄工作,用讲故事和说唱道情的形式演绎乡愁记忆。

2 月 12 日(星期四)晚,叶永生的《透龙剑》说唱结束。

春节休假,暂停演出活动。

3 月 7 日(星期六)晚,春节后和风书社演出活动继续,首场由朱顺根说唱传统道情《蛟龙宝扇》。

3 月 10 日(星期二)上午,金东区委宣传部以和风书社《老盛说新闻》栏目模式为基础,成立金东区"根旺说新闻"乡音宣讲团队,在金东区多湖街道十二里村文化大礼堂隆重举行金东区"根旺说新闻"乡音宣讲活动启动仪式。金东区委宣传部部长曹一勤、部务委员管松林及金东区属各乡镇宣传委员、宣传干事、文化站站长等人员参加启动仪式。金华电视台综合频道、《今日金东》等媒体的记者到现场采访报道。启动仪式结束后就开始"根旺说新闻"乡音宣讲活动和文艺节目演出。此后,金东区"根旺说新闻"乡音宣讲团队开展常态化工作,走进全区各乡镇街道农村文化礼堂举行宣讲活动。

6 月 2 日(星期二)晚,朱顺根的《蛟龙宝扇》说唱结束,调换施存草说唱传统道情《还魂带》和《龙凤宝带》,直到 7 月 16 日(星期四)晚上结束。调换王加兰说唱传统道情《文武香球》《三打梅花桩》《红蛇传》和《二度梅》。

10 月 27 日(星期二)下午,和风书社隆重举行传统的收徒拜师仪式,金华市级非物质文化遗产项目金华说书代表性传承人盛根旺收金华说书爱好者傅得能为徒。金华市文化广电新闻出版局非遗产业处处长吴一峰,金华市非物质文化遗产保护中心主任黄欢、办公室主任李军,金东区新闻传媒中心(《今日金东》报社)主任曹波,金东区文联副主席潘志余,孝顺镇文化站站长王建生等领导嘉宾应邀参观拜师仪式。金华电视台教育科技频道《百姓零距离》栏目的记者到现场采访报道。金华市非遗保护中心主任黄欢在《浙江非遗》刊物上发表题为“金华说书传统收徒拜师礼仪”的文章。

11月13日(星期五)下午，和风书社承办在孝顺镇车客村光南大舞台隆重举行的由金华市文化广电新闻出版局、金华市非物质文化遗产保护中心和金东区文化局共同主办的“(2015)金东区‘婺风·美丽非遗’百村文化礼堂行”活动启动仪式。金华市文化广电新闻出版局非遗文化产业处处长吴一峰致开幕词。金东区属各非遗文化产业产品参加陈列展览和现场制作工艺展示。启动仪式由盛根旺全程主持，演出了一台精彩的非遗文化类文艺节目，观众达千余人，盛况空前。启动仪式后，非遗文化展示展演活动继续由和风书社承办，相继在孝顺镇的夏宅村，澧浦镇的蒲塘村、口溪坑村、下宅村，塘雅镇的前溪边村、下吴村，岭下镇的新亭村，曹宅镇的杜宅村，傅村镇的溪口村等地的农村文化大礼堂巡演。

11月17日(星期二)晚，王加兰的《二度梅》说唱结束，调换杨菊芳说唱传统道情《飞龙宝剑》和《双凤金钗》到2016年2月2日(星期二)晚上说唱结束。

●2016年记事

春节休假，和风书社暂停演出活动。

2月23日(星期二)晚，和风书社演出活动继续，首场由叶永生说唱传统道情曲目《龙公案》到3月26日(星期六)晚上结束，调换曲目传统道情《龙凤缘》。

4月7日(星期四)晚，浙江电视台经济生活频道《老豆时光机》栏目组专程到孝顺和风书社拍摄《美丽金华非遗——金华道情》专题片，叶永生为此加时加点，从晚上6时30分至9时40分，说唱道情时长超三个小时，现场观众也比原来延迟一个多小时才离场散去。

5月24日(星期二)晚，叶永生的《龙凤缘》说唱结束，再次调换传统道情曲目《阴阳宝扇》。

6月28日(星期二)晚，金华电视台综合新闻频道《金华之声》栏目组到孝顺和风书社拍摄《老盛说新闻》专题片。

7月28日(星期四)晚,叶永生的《阴阳宝扇》说唱结束,调换王加兰说唱传统道情《五凤六美图》到8月27日(星期六)晚上结束,调换曲目传统道情《三门街》。

9月10日(星期六)晚,金华市委组织部和金东区委组织部在孝顺和风书社共同举办共产党员“两学一做”曲艺演出专场。根据金东区委组织部事前约稿,由盛根旺创作、曹览仙女士说唱的金华道情《共产党员杨德昌》是曲艺专场的主题节目,说唱演出赢得在场领导和观众的一片叫好,引起领导高度重视,道情节目《共产党员杨德昌》被金华市委组织部选用,进行专题宣传片的录制。曹览仙被邀请参加金华市委组织部共产党员“两学一做”宣讲团到各县、市、区说唱道情《共产党员杨德昌》。

9月18日(星期日)下午,和风书社在金华城隍庙隆重举办由金华市文广新局主办、金华市非遗保护中心承办的(2016)中秋节非遗项目展示展演活动。金华市属各县(市、区)的非遗工艺类项目都参加展示,展演类非遗项目以金华道情为主角,由金华婺剧、金华说书、金华山歌、武术表演、小锣书等非遗节目共同组合,活动由盛根旺代表和风书社全程主持。

9月20日(星期二)下午,和风书社以非遗文化传承教育基地的名义推动曲艺非遗文化进校园,在曹宅镇中心小学举行金华道情、金华说书曲艺培训班开班仪式。金华市非遗保护中心主任陈丰松、办公室主任李军,金东区文联副主席叶建林,金东区非遗保护中心主任彭崇哲,曹宅镇文化站站长严新忠等相关领导参加开班仪式,仪式由曹宅镇中心小学副校长朱卫东主持。金华电视台《百姓零距离》栏目、《金华晚报》、《今日金东》等媒体的记者到现场采访报道。

10月16日(星期日)下午,和风书社在金华城隍庙承办由金华市非物质文化遗产保护中心主办的“(2016)‘婺风·遗韵’市非遗馆——金秋曲艺专场”演出活动,演出节目由和风书社担纲,盛根旺代表和风书社主持节目演出活动。

10月20日(星期四)晚,王加兰的《三门街》曲目说唱结束,调换义乌艺人杨菊芳说唱传统道情《双凤金钗》和《金丝罗帕》。

11月10日(星期四)上午,和风书社联合曹宅镇北麓书院在北麓书院举办中共中央十八届六中全会精神宣讲活动。由盛根旺以“老盛说新闻”作主题宣讲。曲艺节目以由盛根旺创作、曹览仙说唱的《六中全会金光耀》为主题进行组合。金华电视台新闻综合频道、金华广播电台的记者到现场采访报道,金华广播电台在每天早上7时开始播音,每次播音时长30分钟,连播三个月,在全市广大农村的广播里都响着曲艺之声。

12月5日(星期一)上午,和风书社在澧浦镇长庚村光南大舞台隆重举行由金华市文广新局、金华市非遗保护中心、金东区文化局共同主办的“(2016)金东区‘婺风·美丽非遗’百村文化礼堂行”活动启动仪式。参加启动仪式的相关领导有金华市文广新局非遗产业处处长吴一峰、金华市非遗保护中心主任陈丰松、金东区文化局局长方伟红及文化科科长朱献新等。启动仪式由盛根旺代表和风书社全程主持,启动仪式由和风书社担纲组合一台非遗文化文艺节目演出,文艺节目演出得到相关领导和长庚村村民的高度好评。接续以和风书社名义,由盛根旺领队主持,相继走进岭下镇后溪村,塘雅镇马头方村、塘雅一村,东孝街道东藕塘村,曹宅镇龙山一村、白渡村,源东乡洞井村,鞋塘镇支家村,婺城区雅畈镇雅畈二村(特邀)等地的农村文化礼堂巡回演出。

12月28日(星期三),和风书社被金华市非遗保护中心指定,代表金东区非遗保护中心组合代表队,参加在东阳市横店影视城圆明新园举行的“圆明新园开张典礼——文旅结合金华非遗精品展演”活动。代表队由盛根旺、叶永生、叶振中、王加兰、曹览仙和曹宅镇中心小学道情培训班的12名学生及副校长朱卫东、学校俱乐部负责人严忠能等19人组成,盛根旺为领队,其中15人组合参加非遗文化文艺节目——金华道情《美丽曹宅好地方》的演出。此次活动是金华非遗文化规格最高、规模最大的大会演。活动结束后参观圆明新园,当天返回金华。

●2017年记事

1月21日(星期六)晚,杨菊芳的《金丝罗帕》说唱结束。

春节休假,暂停演出活动。

2月14日(星期二)晚上,和风书社春节后活动继续。首场由叶永生开唱传统金华道情《谋财记》。

3月19日(星期日)下午,和风书社在金华城隍庙举办由金华市文广新局和金华市非遗保护中心共同主办的"'婺风·遗韵'金华非遗项目展示展演"金东区专场活动。展演活动由盛根旺主持,演出金华道情等10个非遗文化类文艺节目,有金东砂罐茶壶、金东面塑、金东糕点、金东纸灯、金东金华酥饼和金华酿酒等项目的制作工艺演示和产品陈列展示。

3月21日(星期二)晚,叶永生的《谋财记》说唱结束,调换王加兰说唱传统道情《玉如意》。

4月6日(星期四)上午,和风书社在金华古子城参加由金华市文广新局主办、金华市非遗保护中心承办的"庆'两会'(全国人大会议、全国政协会议)——金华非遗市集展示展演活动"启动仪式,启动仪式后,连续两天(6—7日)由和风书社演出非遗类文艺节目。该活动为期三天,第三天(8日)由义乌市非遗保护中心担纲文艺节目演出活动。金华市属各县(市、区)非遗工艺类产业产品参加展示活动。

4月20日(星期四)晚,王加兰的《玉如意》说唱结束,改唱传统道情《五美奇案》,并有义乌市道情说唱艺人、义乌电视台《天天有谈头》栏目主持人朱履福携徒弟陈爱花加盟演出《姑娘和嫂嫂》与《鸡毛换糖》两个道情节目,这是金东、义乌两地的又一次曲艺交流活动,丰富了和风书社的活动内涵。

4月21日(星期五)下午,和风书社在金华城隍庙举行由金华市非遗保护中心创办的明月书场的开张启动仪式,并演出一台文艺节目。

4月28日(星期五)下午,金华市非遗保护中心创办的明月书场由和风书社接管承办,开展常规性的演出活动,在每星期的星期五和星期日的下午举行,每星期两场,风雨无阻。演出活动模式参照孝顺和风书社,以"老盛说新闻”、讲故事、说书、说唱道情等形式进行。由盛根旺具体负责明月书场的管理及演出人员安排调动,演出活动由盛根旺主持。直到2018年4月初,明月书场曲艺活动由金华市非遗保护中心重新接管并另行安排。

5月25日(星期四)晚,杭州电视台《文艺时光》栏目摄制组和金华电视台农村都市频道《金东新闻》栏目摄制组一行到孝顺和风书社拍摄《老盛说新闻》相关专题片,摄制组人员上午先在盛根旺家里拍摄,下午又跟随金东“根旺说新闻”乡音宣讲队到金东区江东镇上王村文化大礼堂拍摄乡音宣讲活动,晚上再到和风书社继续拍摄和风书社活动。

5月28日(星期日)—29日(星期一)两天,和风书社参加在金华古子城保宁门广场举行的由金华、衢州、丽水三地市文化广电新闻出版局联合主办的“温情端午节·美丽非遗”市集展示展演活动,演出非遗类文艺节目。这是金华一次规模空前、盛况空前的非遗项目大市集活动,吸引了金华周边乡村及各县(市、区)的居民纷纷来赶集,品尝非遗产品的味道。

5月30日(星期二)晚,王加兰的《五美奇案》说唱结束,调换叶永生说唱传统道情《双状元》。

6月8日(星期四)晚,和风书社兵分两路,一路由叶永生在孝顺和风书社按常规活动说唱道情节目,另一路由盛根旺组团带队赴澧浦镇参加由金东区委宣传部、金东区教文体局和澧浦镇政府联合主办,金东区文化馆承办,在澧浦村光南大舞台广场举行的“自然与文化遗产日系列活动暨澧浦镇首届农民文化节启动仪式”文艺节目演出活动。莅临启动仪式的相关领导有金东区副区长朱茂丹、金东区委宣传部常务副部长陈献军、金东区体育局局长曹波、金东区文化局局长方伟红,澧浦镇政府相关领导及全区各乡镇街道文化站站长等。副区长朱茂丹在启动仪式上致辞。启动仪式由盛根旺全程主持,共演出文艺节目12个,现场观众多达千人。

7月10日(星期一)下午,和风书社在孝顺老市基广场隆重举行10周年庆典活动。应邀参加庆典活动的相关领导有金华市非遗保护中心主任陈丰松,金东区文联主席蒋苹、副主席叶建林,孝顺镇人大主席何平等。何平为庆典致贺词，陈丰松、蒋苹分别讲话，庆典活动由盛根旺全程主持。庆典活动当天演出曲艺专场，义乌电视台《天天有谈头》栏目主持人朱履福专程到孝顺庆贺，并为庆典演出曲艺节目小锣书《养子成龙》。晚上接续演出金华婺剧专场。

7月14日(星期五)上午，中国新华网、中国网、中国新闻网、凤凰网、新浪网、腾讯网等50多家国内知名网媒的记者应邀参加金东区“走读精品城区·品鉴美丽金东——幸福金东小城颂”采风活动，走进孝顺镇低田村文化大礼堂。和风书社被金东区委宣传部指定在孝顺镇低田村文化礼堂举行文艺节目表演，配合全国50多家知名网媒的记者的采风活动，和风书社由盛根旺和朱流荣二人担纲演出《老盛说新闻》和金华道情。

7月25日(星期二)晚，叶永生的道情《双状元》说唱结束，调换王加兰说唱传统道情《玉连环》和《文武香球》。

8月18日(星期五)下午，和风书社在金华市婺城区明月楼社区举行由金华市文广新局和金华市非遗保护中心共同主办的“振兴浙江曲艺进农村、进社区、进企业”活动的曲艺展演专场，得到参加活动的金华市相关领导和社区居民的好评。

9月12日(星期二)晚，王加兰的《玉连环》和《文武香球》两本道情说唱结束，接续说唱传统道情《宏碧缘》。

9月28日(星期四)和29日(星期五)上午，和风书社在金华古子城的保宁门广场隆重举行由金华市文广新局和金华市非遗保护中心共同主办的“情满中秋·金华非遗市集展示展演”活动的两场曲艺非遗文化的文艺节目专场展演。

10月17日(星期二)晚，王加兰的《宏碧缘》说唱结束，调换杨菊芳说唱传统道情《雌雄宝剑》和《双龙宝珠》直到2018年2月8日(星期四)晚上说唱结束。

●2018 年记事

2018 年春节,和风书社正式宣告终止活动,春节后曲艺演出活动不再继续。

2 月 9 日(星期五)上午,盛根旺会同孝顺镇文化站站长王建生办理和风书社财产移交手续,并张贴和风书社终止活动公告。

孝顺镇和风书社是以金东区曲艺家协会名义和孝顺镇政府联合创办的。由于金东区曲艺家协会届期已满,于 2018 年 1 月 25 日在金东区政府西辅楼二楼会议厅召开第四届会员代表大会进行换届选举。盛根旺因年近八旬高龄,请辞不再连任金东区曲艺家协会主席一职,代表大会选举产生了金东区曲艺家协会第四届理事会和新一届理事会主席。无论是按程序还是按规定,盛根旺都得向孝顺镇政府办理和风书社移交手续。

孝顺镇和风书社从 2007 年 7 月 10 日开始创办开张,到 2018 年 2 月 8 日终止,共存续 10 年 6 个月 29 天,合计曲艺演出活动 1545 场次,观众达 14 万余人次。

孝顺和风书社下范分社始创于 2008 年 7 月 9 日,至 2016 年 1 月 31 日终止,合计曲艺演出活动 542 场次,观众达 2 万余人次。

孝顺和风书社车客分社始创于 2008 年 7 月 12 日,至 2016 年 2 月 1 日终止,合计曲艺演出活动 365 场次,观众达 1 万余人次。

孝顺和风书社南仓分社始创于 2013 年 10 月 11 日,至 2016 年 1 月 27 日终止,合计曲艺演出活动 114 场次,观众达 3000 余人次。

孝顺和风书社和各分社总计曲艺演出活动 2566 场次,总计观众人数达 17 万余人次。

孝顺和风书社是社会发展中的一个时代产物,是金华地域农村文化建设中的一颗明珠,也是孝顺地方文化发展史上的一个标志。我相信,历史永远不会忘记曾经有过文明和谐、开心快乐、品茶享艺氛围的孝顺和风书社。

为了保持孝顺和风书社的文化品牌和文化记忆,2020 年秋,孝顺镇文化站把孝顺和风书社迁移到后项村文化礼堂(雷烨纪念馆)内。

“3·5”学雷锋

金华市千名五老进百家基地志愿服务活动
主办单位：金华市关心下一代工作委员会
中共金华市委老干部局
协办单位：中共金华市金东区委老干部局
承办单位：金华市金东区岭下小学
山山家白色森林生日小镇

2022年送戏下乡（文化下乡）活动
承办单位：各乡镇（街道）、办事处综合文化站

孝顺镇和风书社说唱的金华道情和金华说书曲目内容简介

1.《**双珠花**》，又名《岭下朱抢亲》，是金华地方最负盛名的传统道情曲目，可以说是家喻户晓。故事发生在清朝乾隆年间，金华县岭下朱村朱阿顺和二王村表妹王彩英两人被双方父母指腹为婚，订了婚约。出生成长后，因朱阿顺家道中落成为贫困户，而表妹王彩英的父亲却欺贫爱富，改变初衷，另行许婚，引起岭下朱人的众愤，要为朱阿顺抢亲。故事情节曲折离奇，跌宕起伏，是深受金华地方百姓喜爱的本地道情曲目之一。

2.《**双刀记**》，故事发生在清朝咸丰年间。金华府义乌县后山坞村人楼永贵为人忠厚诚实，弟弟楼永官却奸诈贪财，为谋取哥哥楼永贵的家产，设计陷害谋杀楼永贵全家。幸天无绝人之路，楼永贵两个儿子楼大云和楼小云侥幸逃脱。楼大云和楼小云在众多亲朋好友的协助下，历尽千辛万苦终于家仇得报。故事情节错综复杂，事迹可歌可泣，彰显恶有恶报、善有善报的人道理念。

3.《**绿牡丹**》，别名《宏碧缘》，故事发生在唐朝大周年间（女皇武则天执掌朝政，改国号为大周）。该曲目以江苏扬州府江都县太平村人骆宏勋和山东济南府花家寨人花碧莲的姻缘爱情为主线，讲述江湖险恶、行侠仗义、劫富济贫、忠奸斗争、剪恶除邪、助忠杀奸的故事。情节曲折离奇，跌宕起伏，是一部广为流传的长篇道情和说书曲目。

4.《**梅花桩**》，别名《方世玉打擂》，故事发生在清朝乾隆年间。广东别庆府高要县孝敬村人方德是个商人，在江苏南京城里开一家绸缎商行。广东潮州府海洋县白袍村人苗显，是个贩卖私盐的盐商，落难南京，得方德相救，苗显感念方德之恩，将女儿苗翠花许给方德为妻，苗翠花生一子，取名方世玉。苗家是武术世家，家传武功，独步武林。苗翠花把苗家武功传授给儿子方世玉。方世玉13岁时，母亲苗翠花带他到浙江杭州游玩。杭州恶霸雷老虎仗势欺人，摆擂台打死许多人，民愤极大，方世玉义愤填膺，见义勇为，跳上擂台打死雷老虎，为民除恶。

5.《**天宝图**》,故事发生在元朝武宗年间。江苏扬州府人华腾云在朝中官居一品,乃当朝宰相,女儿为西宫娘娘,儿子华子林在扬州封为国舅千岁,仗势作恶乡里。江西饶州府无粮县李家村人李三保,在6岁时的中秋夜被雪山红颜老祖仙师收为徒弟,在深山学武,13岁时,武艺大成。因家中变故,父亲为朝中奸臣所害,李三保奉师命下山回家救父,在路过扬州时路见不平,行侠仗义,打死国舅千岁华子林,与华家结仇。李三保忠心报国,为国除奸救父,展开了一场惊心动魄的忠奸斗争。

6.《**蛟龙宝扇**》,故事发生在明朝万历年间。江苏南京状元街人、官家之子高德怀,父亲在朝中为官,被奸臣谋害,落得个满门抄斩之大罪。高德怀闻讯有幸逃脱,逃难到浙江杭州,流落街头,碰到杭州人郁占文,两人义结兄弟,高德怀在郁家落脚寄住。杭州人焦国忠在朝中任吏部尚书,女儿焦翠娥妙龄二九,半夜被狂风卷走失踪,后有人告知是为鼓山洞妖精所掠。焦家无奈,张贴榜文请求英雄搭救女儿。高德怀侠肝义胆,要为民除害,搭救焦家小姐,便揭下榜文,到鼓山救美人。于是在洞中杀妖除怪,救出焦翠娥,并在妖洞中得到奇宝蛟龙扇。高德怀和焦翠娥喜结良缘,并将奇宝蛟龙扇献给皇上,为父亲平反昭雪,重振高家。

7.《**吞蛇记**》,故事发生在清朝道光年间。浙江金华府浦江县王宅人王阿青在王宅开南货店,娶金华县莲塘潘村人张秀英为妻,聘同村义结金兰的同年兄弟王廷贵为南货店管账先生。王廷贵单身尚未娶妻,王阿清外出经商进货时,其妻张秀英寂寞难耐,调戏诱逼管账先生王廷贵成为淫妇奸夫。张秀英为达到与王廷贵成为长久夫妻的目的,暗中设计,买蛇私养,等丈夫王阿清回家。王阿清回家时,张秀英假意热情,将丈夫用酒灌醉,并将毒蛇放进王阿清嘴中,剪蛇尾,逼蛇穿喉入肚,致王阿清死亡。浦江县知县楼林雨私访民情,以乌鸦为线索鸣冤破案。

8.《**粉妆楼**》,故事发生在唐朝乾德年间。山东济南府罗家村,世袭越国公爵位的罗成的第六代孙罗灿和罗焜兄弟俩在京都长安满春园游春,当朝宰相、国丈沈谦之子沈廷芳仗势欺人,光天化日之下,在满春园强抢民间良女祁巧云。罗家两兄弟侠肝义胆,仗义出手救了祁巧云,失手打死沈廷芳,罗沈两家结下血海深仇。沈谦在朝中结党营私,意欲谋夺皇位,但有罗家忠心护国,一时难以下手,就借机设计陷害罗家,两家展开了一场忠奸的殊死搏斗,罗家最终成功保国安民。

9.《**尼姑记**》,故事发生在清朝光绪年间,叙述了金华城义乌门游宅街人楼金兰、楼银兰、楼宝兰三姐妹不满父亲许婚(其实父亲是酒后说酒话,拿三个女儿开心,不料三个女儿当真),于是商量逃婚,要到天台尼姑寺出家当尼姑,最终三姐妹历尽辛苦,路遇良缘的故事。情节曲折离奇,劝世劝人,善恶终有报。

10.《**文武香球**》,故事发生在元朝顺帝年间。叙述了山东济南府人、官家之子龙官保和官家之女侯月英的爱情故事。双方虽是金玉良缘,以一对文武香球为订婚凭证,却是好事多磨,历尽百难千灾,才有情人终成眷属。

11.《**阴阳壶**》,故事发生在清朝乾隆年间。金华醋坊岭人李云龙携妻子白兰英前往杭州赶考,离考期尚早,李云龙和白兰英游玩杭城景区,不期遇到杭州恶霸、文举人邵正春。邵正春见白兰英美貌,就设计请李云龙和白兰英到府上做客。邵正春用家中阴阳壶装酒,阴阳壶内设有机关,可装两种酒,一纯一毒。席间李云龙中毒身亡,邵府假称其突发急病不治而亡,并将其尸棺丢进钱塘江中,不料被海宁寺住持和尚宝法师父捞回并搭救还阳。后来李云龙具状起诉到钱塘县衙门,钱塘县知县钱柄根私访破案,邵正春伏法,判处死刑。劫后余生的李云龙和白兰英最终夫妻团聚。

12.《**百花龙袍**》,故事发生在明朝正德年间。江苏苏州人苏庭奎官居三关总兵之职，被朝中奸臣陷害而除官入狱。时值正德皇帝梦中有百花龙袍加身，寓意能保佑江山和龙体安康，大明朝能有太平盛世。正德皇帝就下圣旨张贴皇榜，要招工匠制作百花龙袍。苏庭奎有三个女儿，苏金莲、苏银莲、苏宝莲，三姐妹都是巧手工匠，就揭皇榜，绣成百花龙袍为父鸣冤，救出父亲，并为国除奸。

13.《**五女兴唐**》，故事发生在隋朝末年，讲述的是胡月英、胡凤英、胡玉莲、白玉慧、尚秀兰等五女文武兼备，才貌双全，武艺高强，力助李渊南征北战，打下江山，建立盛世唐朝的故事。

14.《**双龙寺**》，故事发生在明朝正德年间。浙江处州府缙云县壶镇人王巧云，文武兼备，才貌双全，不从父母之命、媒妁之言，而要自己摆擂台选择夫婿，为此四处张贴告示。金华府兰溪县后官塘人李春华文武双全，见到王巧云的打擂选夫告示，就带上朱国军、朱国忠两个徒弟前往缙云县壶镇打擂，赢得王巧云的芳心，两人喜结良缘。婚后李春华携妻及两徒弟到南京访友，得知正德皇帝要戏游双龙寺。而朝中奸臣姚洪结党营私，要在双龙寺刺王杀驾，夺取大明江山。李春华夫妻及徒弟先到双龙寺，在姚洪等叛党刺杀正德皇帝时，李春华出手相救，杀死叛党姚洪等人，救皇驾，立奇功，官授一字并肩王。

15.《**龙凤玉环**》，故事发生在宋朝神宗年间。浙江宁波府定海县人陆云中在朝中官居一品，职领左相。女儿陆凤英为正宫皇后，儿子陆凤阳封为国舅，在老家定海县习文练武，备取功名前程。陆云中赤胆忠心、为国为民，陆凤英淑德贤良、母仪天下，陆凤阳更是天资聪慧、文武双全、侠肝义胆的正人君子。朝中右丞相庞仕中，为人奸诈，女儿庞凤琴封桃花宫娘娘，仗着年轻美貌与正宫娘娘陆凤英争宠，庞仕中借女儿被神宗皇帝宠爱弄权，在朝中结党营私，和左宰相陆云中明争暗斗。庞仕中有三子，庞云龙、庞云虎、庞云彪，三兄弟仗势欺人，京城百姓都避而远之。陆凤阳奉母亲之命，从宁波定海到京城探望父亲和姐姐。路见庞云彪光天化日之下，在天子脚下强抢民女、杀人伤命，他路见不平、义愤填膺而出手打死庞云彪，从此陆庞两家更是势同水火。而神宗皇帝听信奸人，忠奸相斗，使得陆家忠良受害。后庞家奸计败露，神宗皇帝终于醒悟，除奸保国。

16.《**飞刀记**》，故事发生在宋朝仁宗年间。安徽凤阳府开化县苏家村人苏贵学得一身武艺，深谙江湖世故，生有苏宝女和苏宝花两个女儿，而妻子弃世先亡，他独养两个女儿长大成人。为历练两个女儿，也想为两个女儿选择夫家，他就带她们闯荡江湖。到了江苏扬州，大女儿苏宝女与扬州府总兵之子杨少林结缘，成为夫妻，在扬州安家落户。苏贵离开扬州后继续带小女儿苏宝花行走江湖，卖艺为生。到了金华府金华县岭下朱村，苏宝花结识岭下朱人朱晏明，对其一见钟情，父亲苏贵爱富欺穷，反对苏宝花和朱晏明的婚事，但苏宝花执意与朱晏明结为夫妻。苏贵一气之下独自回到了安徽老家，设计骗女儿苏宝花和朱晏明夫妻俩到安徽，意欲谋杀朱晏明。苏宝花带朱晏明到安徽老家后，识破了父亲计谋，带朱晏明逃出苏家，并设计破了父亲的飞刀追杀，一路保护丈夫朱晏明安全回到金华岭下朱，后来生下儿子朱一奎。苏宝花倾尽家传武学培养儿子朱一奎。朱一奎武艺高强，为人侠肝义胆。而外公苏贵却贪图荣华富贵，投靠朝中奸党谋反乱国。朱一奎与一帮结义兄弟保皇驾、护国安民，和外公苏贵进行殊死的斗争，最终剿灭奸党，苏贵伏法。

17.《**黄犬告状**》，故事发生在清朝道光年间。浙江金华府兰溪县马涧村商人胡老陆年底出门收银归账，寒冬腊月大雪纷飞，路过白马庙进庙避雪，碰到乞丐童志贵、童志清两兄弟在庙中要杀黄犬充饥。胡老陆见黄犬可怜，出银买下黄犬放生。童志贵和童志清见胡老陆身带银两不少，见财起意，杀死胡老陆，将胡老陆尸体用重石捆绑抛进附近一口黄泥塘中，沉到水底灭尸。黄犬在黄泥塘边上守尸，直到第二年正月初六，见到兰溪知县陈宇国时，黄犬拦路狂吠告状，兰溪知县陈宇国明白黄犬之意后为胡老陆申冤破案。

18.《**麒麟豹**》，故事发生在明朝天启年间。河南开封府祥符县太平村人方卿，年轻时高中状元，官居江南七省巡按使，后被朝中奸臣、当朝宰相罗林陷害致死，留下两子一女兄妹三人，长子方俊、次子方侗、小女儿方飞龙。兄妹三人各得隐士高人传授武艺，学得一身本领。在父辈亲朋好友的帮助下，历尽千辛万苦，终于为国除奸，为父亲雪冤报仇，重振方家。故事情系国恨家仇，情节错综复杂，曲折离奇，起伏跌宕，引人入胜。

（以上曲目由笔者采访，朱顺根提供）

19.《**紫金鞭**》，故事发生在北宋仁宗年间。宋朝开国名将呼必显之孙呼延庆世袭国公爵位，忠心爱国。当朝宰相、国丈庞文依仗西宫皇妃裙带之亲，谋国害民，纵子作恶行凶，通匪作乱。呼延庆仗着先皇御赐、家传镇国之宝紫金鞭，凭一腔正气热血上打昏君，下打奸臣，保国安民。

20.《**大红袍**》，故事发生在明朝嘉靖年间。故事从广东琼山人海瑞进京赶考求取功名前程开始，因考场主考官严嵩忌才作弊，致使海瑞与功名无缘而落难京城。后因机缘巧合，遇到嘉靖皇帝，圣上赐海瑞进士及第，海瑞在朝为官，与奸臣严嵩展开忠奸斗争。海瑞一身正气、赤胆忠心、为国为民，不但为国除奸，法办奸臣严嵩，还赢得了“海青天”的美誉，终得皇帝信任，红袍加身。

21.《**双珠球**》，故事发生在明朝正德年间。江苏苏州人朱庆丰与河南郑州人陈如新同在朝中为官，两家相处如至亲，而两家夫人同时怀上身孕，在朱庆丰 30 岁生日庆宴上两家指腹许愿，如果两家夫人所生同男则结兄弟，同女则为姐妹，一男一女则配婚姻。朱家首先生了个儿子取名朱求，陈家后生一女取名陈美云。在陈美云满月礼庆宴上，朱家以传家之宝双珠球的“朱球”为聘订立婚约，自家留下“王球”，等双方年满 18 岁，两球合“珠”完婚。后朱家遭难，门第败落，陈家悔婚另许。陈美云女扮男装逃婚并进京赶考，取得功名，后为朱家申冤，双珠球合璧，两人完婚。

22.《**万花楼**》,故事发生在宋朝仁宗年间。原官家之后狄青进京求取功名。时逢西辽国起兵犯宋,朝廷选将帅平乱,当朝宰相、国丈庞洪居心不良,欲掌兵权谋国,自荐女婿王天化为帅。而龙图阁大学士、开封府尹包公(包拯)等一班忠臣贤良力荐狄青,庞洪仗着女婿王天化武艺高强、力大无穷,提出比武夺帅,并要双方订立生死契约,意在除掉狄青以绝后患。比武结果却是出人意料,狄青武艺更胜王天化,并当场杀死王天化。从此庞狄两家结仇,庞洪屡屡陷害狄青。而狄青带领张忠、李义、刘庆、石玉,五兄弟领兵西征,在路过鄯善国时与双阳公主喜结良缘。故事以忠奸斗争为主线,险境迭出。

23.《**五虎平西**》,故事发生在宋朝仁宗年间,是前曲本《万花楼》的延续。狄青、张忠、李义、刘庆、石玉五兄弟被誉为"中原大宋五虎将"。狄青为帅,领兵平定西辽国,取得西辽国镇国之宝珍珠烈火旗,西辽国向宋朝拜降并永远称臣。

24.《**月唐演义**》,故事发生在唐朝玄宗年间,讲述的是郭子仪挂帅领兵平定"安史之乱"的错综复杂的忠奸斗争及恩爱情仇、义薄云天、善恶有报的故事。唐朝守边疆大将安禄山和史思明起兵谋反,一代名将郭子仪投军报国,与一代诗仙李白相遇,一文一武,谋计定策。

25.《**龙凤宝钗缘**》,故事发生在唐朝玄宗年间,讲述的是一对夫妻行走江湖、行侠仗义、剪恶除邪的故事。江湖游侠段克邪和江湖奇女史玉梅由双方父母从小互订婚约,段家以传家之宝龙凤宝钗为聘礼,约定双方年满 18 岁完婚。不料段史两家惨遭变故,被江湖异派凶恶之徒血洗,差点灭门,段克邪和史玉梅都历尽江湖凶险,后终得龙凤宝钗合璧,双双完婚。

26.《**龙凤钗佩**》,故事发生在宋朝仁宗年间,是《包公奇案》中的一段。官家之子曹锦龙的父母为他以曹家传家之宝龙凤钗佩与许家千金许云凤订立婚约,而许家的凤钗离奇被盗,牵连出许多命案,且看包公包青天如何破案审案。

27.《**二度梅**》，故事发生在唐朝肃宗年间。梅良玉和陈杏元准备完婚之际，梅陈两家却被朝中奸相卢杞弄权陷害。卢杞借要选美和番之机，奏请皇上立下圣旨选送陈杏元，请求立即启程送其与西番国王成亲，拆散其美满姻缘。梅父被害，梅良玉化名逃难，陈杏元在去番邦的途中跳崖自尽。后梅良玉高中状元，而陈杏元也被救重生，奸相卢杞机关败露，奸党全部扫除。梅良玉和陈杏元历尽千辛万苦，终得完婚团圆。

28.《**好逑传**》，故事发生在明朝万历年间。讲述的是江湖义士铁中玉和官家之女水冰心的离奇爱情故事。

29.《**九美图**》，故事发生在明朝成化年间。叙述的是官家忠良之后胡必松文武兼备、才貌双全，却多灾多难，又艳遇连连，得到狄美云、苏美英、夔美红、孔美屏、孔美菊、邱美英、陆美珍、汤美玉、葛美容九位美女的爱情，最终九美团圆、大富大贵的故事。

30.《**龙凤再生缘**》，故事发生在元朝英宗年间。兵马大元帅皇甫敬的长女皇甫长华为正宫皇后，儿子皇甫少华与兵部尚书孟士元之女孟丽君订了婚约。当朝宰相、国丈刘基之子刘奎璧闻知孟丽君才貌双全，要父亲刘基和姐姐（王宫皇后）请求皇帝赐婚，英宗皇帝下圣旨将孟丽君赐婚给刘奎璧。孟丽君无奈女扮男装带丫鬟苏映雪逃婚出走，引起当朝两大家族的忠奸争斗。朝廷风云迭起，外邦趁机入侵，皇甫敬领兵平番，刘基却在朝中弄权，私通番邦，致使皇甫敬被番邦兵困边境。孟丽君女扮男装，易名改姓赴京赶考，高中状元，后步步高升，直至官居一品（当朝右相），解救了皇甫敬一家，与皇甫少华团圆完婚。故事情节离奇跌宕，出人意料，充分展示了孟丽君的机智才华和道德品位。

31.《**撞船记**》，故事发生在明朝天启熹宗年间。是名著《拍案惊奇》中的一个民间奇案故事。

32.《**双凤奇缘**》,故事发生在西汉元帝年间。当朝户部尚书王和的夫人生了双凤胎,大女儿叫王蔷,字昭君,小女儿叫王薇,人称“赛昭君”。元帝梦中见到王昭君,就叫毛延寿画图寻美,毛延寿弄权作假陷害王家,意欲将自家的外甥女献给皇上。然而毛延寿计谋败露,王昭君入宫与汉王元帝成婚。毛延寿一计不成再生一计,私通番邦,挑唆番王起兵造反侵汉,逼汉皇舍妻王昭君,并将其送去和番。昭君到番邦后,得神佑,致使番王不能近昭君之身。在一次番王陪昭君游桥时,昭君跳江自尽,却得到水神保佑,随水流回汉朝京都,与汉皇破镜重圆,姐妹二人同侍汉皇,毛延寿叛国被诛。

33.《**雕屏记**》,故事发生在清朝光绪年间。湖北首富徐丰年家有四块宋朝名相范仲淹写的《岳阳楼记》雕屏,价值连城,许多贪官污吏和江湖贼盗都欲得之,觊觎已久。徐丰年独生一女徐小凤,知书达理、聪慧识大体,劝父亲将家传国宝献送到国库珍藏。徐丰年听女儿之说,雇保镖护送雕屏进京。江湖闻讯,劫贼四起。幸有侠义之士柳一枝,路见不平拔刀相助,保护国宝平安进京,得归国库。柳一枝和徐小凤倾心相爱,终成眷属。

34.《**黑虎闹东京**》,故事发生在宋朝仁宗年间。宋朝开国名将呼必显之孙、世袭国公呼延庆家传武功高强,为人耿直忠良,疾恶如仇;当朝宰相庞文,欲谋不轨,儿子庞豹学得一身武艺非同寻常,便叫儿子在京城摆设擂台,以结交江湖豪杰、绿林好汉而图国计。庞豹为人凶狠,在擂台上死伤者无数,呼延庆知庞家奸谋,一是为国除奸,二是为民除害,三是要为死者申冤报仇,忍无可忍,上擂台打死庞豹,呼家与庞家结仇,展开了凶险激烈的忠奸斗争。最终,呼廷庆为国除奸,为民除害。

35.《**还魂记**》,又名《探阴山》,故事发生在宋朝仁宗年间。河南举子颜查散和柳金婵订了婚约。后来颜查散家遭变故,家道中落,一贫如洗。柳金婵的父亲欺贫悔婚,谋害颜查散,逼得女儿柳金婵殉情死亡,柳父反诬告颜查散谋害女儿性命。包公包青天至阴山查案，用包家至宝还魂带救柳金婵还魂复生，真相大白。后来颜查散高中状元，与柳金婵完婚团圆。

36.《**包公案**》，故事发生在宋朝仁宗年间。庐州合肥人包拯，官拜龙图阁大学士兼开封府尹，是中国历史上著名的办案清官，人间有“包青天”之称。《包公案》就是包青天审案办案的故事，在办案审案中有许多曲折离奇的案情。

37.《**龙公案**》，故事发生在清朝康熙年间。讲的是一代清官龙仕廉的审案破案故事。

38.《**龙凤缘**》，又名《正德皇戏凤》，故事发生在明朝正德年间。讲的是正德皇帝微服私访下江南，与民间女子张玉凤一见钟情，相恋相爱，却因封建世俗贵贱有别而不能光明正大地将其娶入皇宫的故事。

（以上由笔者采访，叶永生提供）

39.《**合同记**》，又名《双合同》，故事发生在明朝万历年间。山东济南府人王启山，官居礼部尚书之职，儿子取名王清明。王启山与同朝为官的兵部侍郎、扬州人田高交好，田高有女儿田淑珍，与王清明同庚，在田淑珍3岁时双方订了婚约，把田淑珍许给王清明为妻，双方签订了婚约合同并由万历皇帝签章盖印。合同一式二份，各由王、田两家保存为凭证，到双方年满18岁时，凭双合同完婚。后礼部尚书王启山告老还乡，回山东济南府生活。可世事无常，王清明18岁那年王家遭遇火灾，烧尽家产而一贫如洗。王启山拿出婚约合同叫王清明到扬州田府投亲完婚，叫书童小长春陪伴一同前往。书童小长春长王清明两岁，路途中起黑心，在路过一高岭山岗时，将王清明推落山岗，拿婚约合同去扬州投亲。田府以合同为凭，将假作真。而小姐田淑珍却见其人相貌猥琐而起疑心并逃婚，到一尼姑庵中留发出家。王清明被人相救，后高中状元，官封巡按，到扬州暗访民情，不期与落难化缘的田淑珍相遇，真相大白。王清明着便服去田府投亲，因拿不出婚约合同，反被田府捉拿丢入水牢。后得牢头志能伯伯相救逃出田府。王清明带官兵抄没田府和尼姑庵，将小长春处以死刑，最终和田淑珍完婚。

40.《**还魂宝带**》，故事发生在宋朝仁宗年间。江苏昆山县人陈如棋，官居吏部尚书（俗称天官）。儿子陈子清进士及第，候职在家。陈子清在一次访友途中，路见一孩童落难，即将饿死，见其可怜，救回家中，得知难童名叫胡一群，11岁，父母双亡。陈子清就收胡一群为义子，给10岁的儿子陈光顺做伴读书童。两人亲如兄弟。陈光顺18岁时，陈子清已无意仕途，叫儿子陈光顺将家中三宝献给皇上求取功名前程。一宝无名天剑一把，二宝活仙草一朵，三宝无字天书一本。三宝各有奇妙功能，可谓无价之宝。书童胡一群陪伴陈光顺一同赴京。在路过一座叫黑风岭的山岗时，胡一群起黑心，谋宝害命，用腰带勒死陈光顺夺宝进京，冒充陈光顺去献宝，被皇上封为献宝状元，在朝中为官，享荣华富贵。而陈光顺被路过的官家之女王桂英搭救起死回生，并以身相许订了婚约。王桂英将家中三宝（还魂宝带一根，能起死回生；三寸酒壶一把，能将普通家酿变为玉露琼浆，并在当天请客取用不尽；解毒风凉杯一只，放水饮之能解百毒）赠给陈光顺。陈光顺再次进京献宝求取功名，以将胡一群绳之以法。陈光顺二次赴京献宝，途中住宿张正阳宿店，老板张正阳见宝起恶意，谋杀陈光顺，抢宝进京献宝封官。再说陈光顺两次献宝，两次被害，怨气冲天，惊动太白星君，星君将陈光顺救回，送到王桂英家，王桂英进京到开封府告状。包公审查，连破两案，二贼被诛。陈光顺封官，皇帝赐婚令其与王桂英完婚团圆。

41.《**借伞记**》，故事发生在清朝顺治年间。义乌城里人刘彩英18岁，奉母命出门探望母舅，回家时路过青岩楼村，遇大雨便在一家屋檐下躲雨，雨下不止。该家主人名叫楼文春，20岁，是黉门秀才，见一姑娘在家门口躲雨，就叫她进屋，并将自己考中秀才的奖品——一把雨伞借给刘彩英。雨伞上有楼文春的名字。刘彩英借伞回家，准备天晴再去还伞。不料当晚被母亲收养的义兄李宝林强奸不成而杀死房中。李宝林以雨伞为凭证,反诬楼文春强奸杀人,诉至义乌县衙门,又暗中贿赂知县舒正文。舒正文贪财受贿,用重刑将楼文春屈打成招,判死刑入牢狱,待上司批复后行刑。楼文春的妻子黄彩金在状师黄樟贵的帮助下上诉鸣冤,翻案救出丈夫楼文春。最后真相大白,李宝林作恶伏法,贪官舒正文因受贿除官入狱。

42.《**借银记**》,故事发生在明朝嘉靖年间。奸相严嵩把持朝政,结党营私,陷害忠良。户部侍郎刘荣,刚正不阿,不与严嵩为伍。刘荣奉旨去押送皇粮进京,被严嵩设计陷害丢掉皇银而犯罪入死牢。江苏昆山县人张天德,官居兵部尚书,向皇上保奏刘荣,刘荣不但免死,还得以官复原职。刘荣感恩,将女儿刘金花许配给张天德的儿子张文玉为妻,幼订婚约。朝廷风云变幻,严嵩设计害死张天德,张家败落,刘荣悔婚将女儿另许高门。刘金花出逃到张家,与张文玉完婚。后向母亲借银助张文玉进京赶考,张文玉高中状元。严嵩知情后又设计陷害张文玉丢官入狱,欲将张家斩草除根。忠良清官海瑞扳倒严嵩,为张文玉翻案。张文玉加官晋爵,重振张家,刘金花夫贵妻荣。

43.《**连环扣**》,又名《龙凤帖》,故事发生在宋朝仁宗年间。金华醋坊岭人王守诚,在朝为官时与山东济南人方子庆交好。王守诚有儿子王文英,与方子庆的女儿方玉英同庚,两家订了娃娃亲。王家以家传之宝连环宝扣为聘礼,连环宝扣分上下扣,也叫雌雄连环扣,雌扣给了方家为表记定聘,仁宗皇帝又御笔写龙凤帖为证婚人。所以这本曲目又叫《龙凤帖》。这桩婚约为朝中百官一时之美谈。后王守诚和方子庆都告老还乡。王文英18岁时按婚约带上连环扣和龙凤帖去山东济南投亲完婚,叫书童安东陪伴同行。书童安东比王文英长2岁,安东起谋害之心,在路过一座山岗时谋杀王文英,夺取连环扣和龙凤帖,冒王文英之名去济南方家投亲,方家见宝为凭准备完婚。方家小姐见“王文英”行为不端而起疑,女扮男装并改名王文英出逃。而真的王文英被安东推落山岗跌入深谷,安东以为王文英必死无疑,王文英却被打猎的高英救回家中,起死回生并和官家之子高英义结为兄弟。后高家助王文英进京赶考。大比之年,三个王文英都高中三甲(安东冒充的王文英是贿考成功),而三个王文英都是金华醋坊岭人,定有假冒。皇上下旨叫包公和范仲淹联合审案,最终真相大白。安东判刑处死,王文英和方玉英奉旨完婚。

44.《**金银牌**》,又名《银牌记》,故事发生在清朝雍正年间。金华县下溪滩村人朱梦营头顶文举人名号,家境优渥。弟弟朱梦奎分户自立。妹妹朱凤英嫁给小黄村文举人黄仕贵为妻。朱梦营妻子与妹妹朱凤英同一年怀有身孕,两家指腹为婚,朱家以金银牌为表记,订下契约,同男为兄弟,同女为姐妹,一男一女当婚配。朱梦营生儿子,取名朱阿泉;朱凤英生女儿,取名黄阿观。朱梦营行善举,要在婺江上建造一座桥,方便人们进出金华城。第一次造桥被小人暗算毁桥。第二次造桥又被洪水冲毁。第三次造了一座浮桥,俗称上浮桥。朱梦营三次造桥,耗尽家资而积劳亡命。朱阿泉母子一贫如洗,穷困潦倒。母亲叫朱阿泉去小黄村姑父家投亲,姑父黄仕贵欺贫爱富悔婚,将女儿另许豪门。而表妹黄阿观坚心不变,要嫁表哥朱阿泉,叫表哥朱阿泉抢亲成婚。

45.《**双子记**》,故事发生在清朝乾隆年间。江苏昆山县人、相士陆星,以相面为生,行走江湖年久未归。儿子陆春自幼得异人传授,学得一身武艺。18岁时奉母命出门离家去寻找父亲。在寻父期间,陆春行侠仗义,打擂台、除恶棍,巧遇方秀英、周美英、王桂英、洪美英四个美女齐力相助,四订婚约。皇天不负有心人,陆春终于寻到父亲陆星,而此时陆星已另有家眷,生有儿子陆明。父子三人历尽江湖险恶,得以全家团聚,陆春最终与四美女完婚。

46.《**龙凤宝带**》,故事发生在明朝正德年间。江苏苏州人胡国泰官居礼部尚书,在告老还乡后不久,就遭遇洪水凶灾,带儿子胡文奎逃灾避难,走水路途中又翻船遭难,父子离散。胡国泰被救后重返京都。儿子胡文奎被浙江海宁人、撑船工周仁华救下并带回海宁家中。后来周仁华病危,无银治病,急需用钱,巧遇路过的当朝宰相张云彪要为两个女儿买个丫鬟使唤。周仁华就将胡文奎男扮女装，卖到张家。后被张家小姐张金凤、张银凤姐妹俩识破，姐妹俩都与胡文奎私订终身并成婚，一夫两妻，恩爱和美。可好景不长，父亲张云彪病故。叔叔张勇谋财害命，胡文奎夫妻三人把家传之宝龙凤宝带分割成三段，各人藏一段为今后认亲表记，三人分散逃命。后来张金凤生了一对双胞胎，大儿子取名胡龙，小儿子取名胡虎。胡龙高中文状元，胡虎高中武状元，全家终得大团圆。

47.《**玉簪记**》，故事发生在清朝光绪年间。金华府武义县人邵志林和邵志奎两兄弟分家自立，哥哥邵志林勤俭持家，守业有方，家境优厚。弟弟邵志奎游手好闲，娶妻不贤，家境破败。邵志林生一子，取名邵宪省。邵宪省 7 岁时父亲邵志林病故，母亲也因伤心过度于当日死亡，随夫而去，留下他一个 7 岁孤儿。不料叔婶两人欲谋夺家产，并要谋害邵宪省性命，幸有老长工搭救得以逃命。逃难时路遇兰溪珠宝商人金日星。金日星精通相法，见邵宪省人品端正，日后有富贵之相，就赠传家至宝雌雄玉簪为订婚表记，将女儿金彩凤许给邵宪省，口头约定邵宪省 18 岁时到兰溪完婚。不料邵宪省命运不济，发生许多变故，其间有许多阴差阳错的奇遇，所幸最终邵宪省和金彩凤一对有缘人终成眷属。

（以上由笔者采访，艺人施存草提供）

48.《**万年青**》，又名《乾隆下江南》，故事发生在清朝乾隆年间。乾隆皇帝登基执政后，无意中听说自己并非满族人，出生时刚好雍正皇帝的皇后娘娘也临盆生了个女儿，就暗中将自己调换入宫，成为皇太子。他听说生父是浙江海宁人陈阁老，是汉族人，就想到江南探访，把事情查个水落石出。更重要的是可以微服私访民情，了解一些百姓民生和吏治情况。他先安排好皇宫和朝政，就私出皇城下江南。乾隆皇帝有一身绝顶武功，又胆略过人，化名高天师。真是不出皇宫不知道，出了皇宫才知世事艰难。他一路上见义勇为、剪恶除凶，惩贪官、除污吏、救百姓，做了许多好事。这一路发生了许多有趣和意想不到的故事，当然也有自己身临险境被人救的故事。后来老百姓知道他是乾隆皇帝，人人称颂,个个点赞,都说乾隆皇帝的事迹将代代传颂、万年长青。

49.《**红蛇传**》,故事发生在宋朝仁宗年间。福建福州人张有义,出身贫寒,却仪表非凡,力大无穷,以砍柴卖柴为生。后来去军营投军,想从军伍中寻个出身,却被拒之门外。投军不成而又身无分文,流落江湖行乞度日。仁宗皇帝的义女(干女儿)百花公主到福建探亲而落难,被福建飞凤山白岭洞修炼千年的红蛇精用妖法摄于洞中逼迫成婚,百花公主宁死不从,被困洞中。仁宗皇帝下圣旨,令全国各地官府贴出皇榜,招贤良英雄好汉到洞中解救百花公主,若年龄相当,就招为驸马皇婿,将百花公主婚配与他,享皇家荣华富贵。张有义揭皇榜,历尽千辛万苦,化险为夷,救出百花公主,仁宗皇帝许旨赐婚,张有义和百花公主成婚,一介平民百姓成为皇亲国戚。

50.《**五凤六美图**》,故事发生在宋朝太宗年间。江苏扬州人武英奎文武双全,人称文武英奎。原是官家望族,却因朝政变故而行走江湖,行侠仗义、剪恶除邪,伸张正义。武英奎青春年少,得到诸多妙龄红颜的青睐,有曹凤珠、张凤英、白凤珠、金凤珠、王凤荷、赛成英六位美妻。

51.《**三门街**》,故事发生在明朝正德年间。杭州状元桥相近的一条街路,因有三家豪门大户,因而得名"三门街"。一户是兵部尚书李府,李公早亡,子李广为人正直,急公好义,乐善好施。一户是吏部天官徐府。一户是当朝右相史洪基。史洪基和太监宦官刘瑾相互勾结,狼狈为奸,残害无数忠良,文武百官切齿痛恨。由此便引出一班年少英雄侠女和壮夫义士忠肝义胆、铲除奸佞、保家卫国、恩爱情仇、好有好报的故事。

52.《**五美奇案**》,故事发生在明朝嘉靖年间。浙江杭州有三家豪门大户,涌金门钱家钱广官居两广提督,家有儿子钱兴和女儿钱玉英。武林门花家花兴邦官居当朝一品宰相之职,家有儿子花廷芳。凤山门冯家冯尚信官居礼部左侍郎，家有儿子冯子清。钱家忠良厚道，花家奸诈弄权，冯家安分守己。冯子清仗义疏财，和来杭州办事的台州人常勇、扬州人马荣、金华人汤彪及杭州的五大美女钱玉英、姚惠兰、邱香娟、王兰英、杨志花之间发生了诸多恩爱情仇、生生死死的故事。

（以上由笔者采访，艺人王加兰提供）

53.《**火烧双林寺**》，故事发生在明朝嘉靖年间。嘉靖皇帝仿效先皇微服私访、暗察民情，来到江南一带，到了浙江义乌县时，听说义乌县梅岭村有个举人叫梅正奎，乃文武全才，为人正直忠厚，就有意到梅岭村梅家造访。到了梅家受到梅正奎的热情款待。嘉靖皇帝始终不见梅妻，心中生疑，问起为何不见举人夫人时，梅正奎不禁长叹一声，说拙荆到佛堂双林寺烧香一直未归，并把听说的“双林寺和尚作恶民间”“双林寺是个淫窝”“义乌县及周边多少良家妇女失踪在寺中”“以前听说还不太相信，如今方知事实如此，在下曾去义乌县衙求助，知县竟不理不睬”等情况一股脑儿告诉来客。嘉靖皇帝知情后，离开梅岭村继续在义乌民间私访，方知双林寺在义乌民愤极大，就决定亲自进双林寺一探究竟。了解实情后，嘉靖皇帝调动官兵大破双林寺，恶和尚被诛，义乌县知县被撤职问罪，梅正奎被封义乌县知县，甚爱良民百姓。

54.《**飞龙宝剑**》，故事发生在宋朝仁宗年间。湖北襄阳人张旦官居兵部尚书，儿子张云聪慧好学，文武双全，武艺尤其出众，十八般兵器件件皆能，年过二十在家中侍母，未取前程。张云为人正直好善，更行侠仗义，人称小义士。不料朝政变故，风云突起，张旦为奸臣所诬，削职除官，幸有忠臣良相保全，留得性命回到老家闲居。襄阳有座灵岩山，山中有飞龙洞，洞中有恶龙作孽，祸害良民百姓。张云为民除害，单身独闯龙潭虎穴，除掉恶龙而得到一宝剑，剑上有“飞龙宝剑”四字。张云仗剑保国安民，斩奸除恶，终为父雪冤报仇。父亲官复原职，张云则被封为天下兵马大元帅。

55.《**朱凤金钗**》，故事发生在明朝永乐年间。浙江富阳县人余良才官至户部尚书，与吏部尚书史明亮交好。余良才生有三女，小女儿余芝兰待字闺中，大女儿和老二都已出嫁成家。余良才就将小女儿余芝兰许配给史明亮之子史文奎，史家拿出传家宝朱凤金钗作聘礼，两家订了婚约。世事无常，朝政更是变幻莫测，史明亮被奸臣诬陷，除官抄家，在返乡途中客死他乡，留下史文奎母子艰难度日，家境一贫如洗。余良才悔婚，要将女儿另嫁豪门。女儿余芝兰坚守婚约，到史家与史文奎完婚。谁料余良才后来也被人陷害，削职除官，抄没家产，成了一个罪人。大女儿、二女儿怕牵连都不肯认父，唯小女儿余芝兰认父，为父养老送终。

56.《**双龙宝珠**》，故事发生在明朝洪武年间。洪武皇帝朱元璋定都金陵后，要一统华夏江山，发兵攻打江西九江，剿灭九江王陈友谅。陈友谅兵败身亡。陈友谅之妻褚妃貌美无双，被朱元璋擒获并占为己有。此时褚妃已有身孕，怀上陈友谅骨血，并身藏陈友谅赠送的定情之物——双龙宝珠。后褚妃生下一子，朱元璋以为是朱家骨血亲子，取名“朱梓”。朱梓18岁时封长沙王，褚妃母随子贵，随儿子到长沙享荣华富贵。褚妃认为时机成熟，以双龙宝珠为凭证说出朱梓身世，叫儿子起兵造反为生父陈友谅报仇。朱梓起兵反明失败，全家自焚身亡。

57.《**雌雄宝剑**》，故事发生在北宋真宗年间。浙江嘉兴府东门人吴南联在朝中官居兵部尚书。祖上出身武林世家，因机缘巧合，获得武林至宝雌雄宝剑而曾独步天下。雌雄宝剑可合并为一，也可一分为二，一雌一雄。据传若有两位武艺高强且志同道合、心意相通者同时使用，双剑合璧，则可威力无穷而天下无敌。宝剑置于家中历代珍藏。惜贤者难出，未能锋芒再露。世道轮回，吴南联生了个儿子，取名吴天宝，与胞妹之子肖金林同庚，吴天宝长肖金林三个月，表兄弟二人情投意合，且又都文武兼备，更是武林奇才。吴南联就将雌雄宝剑分赠，雌剑给肖金林，雄剑留给儿子吴天宝，表兄弟二人勤学苦练，剑法大进。时有西番辽国作乱,欲夺中原疆土,来势汹汹,国难兵危之际,真宗皇帝出皇榜招贤平番。吴天宝、肖金林表兄弟两人揭皇榜,挂帅领兵剿灭番邦而使国泰民安,真宗皇帝敕封吴肖两家共享荣华富贵。

58.《**双凤金钗**》,故事发生在唐朝懿宗咸通年间。河南孟州人赵小庆和冯仙珠是姑表兄妹,都是官家之后。两人幼年时就订了婚约,赵家拿出家传之宝双凤金钗为聘礼表记,约定双方 18 岁完婚。后因赵小庆考举人时,在考场上不小心把墨水弄湿考卷而导致落第回家,姑姑悔婚,要将女儿冯仙珠另许。而冯仙珠坚心不变,誓嫁表兄赵小庆,几经磨难,表兄妹终于完婚。

59.《**金丝罗帕**》,故事发生在唐朝懿宗年间。是《双凤金钗》的续集,俗称"上下本",上本是《双凤金钗》,下本就是《金丝罗帕》。故事从赵小庆和冯仙珠洞房花烛夜开始。洞房花烛是人生大喜,当夜赵小庆问表妹冯仙珠:"早就听说表妹有一块不离身的传家之宝'金丝罗帕',今晚洞房能否给为夫一睹真容,开开眼界?"冯仙珠说:"当然可以,你我夫妻,况且你家的双凤金钗给我作聘礼表记,都在我这里保管着呢。今日完婚大礼,我在洗浴时就把金丝罗帕放在箱子里了,我去拿来。"谁料金丝罗帕已被盗窃不见,急得冯仙珠花容失色。而赵小庆则怀疑冯仙珠另有隐私,将金丝罗帕送给了别的男人,当即离房而去。冯仙珠有苦难言,只有找到金丝罗帕才能洗得清白。为找金丝罗帕引出许多离奇疑案,最终真相大白,赵小庆和冯仙珠完婚团圆。

(以上由笔者采访,艺人王富春提供)

60.《**双玉球**》,故事发生在明朝万历年间。金华城里醋坊岭人方有林 16 岁,跟娘舅朱五弟到衢州贩橘子。到了衢州码头,娘舅朱五弟离船去衢州城里打听橘子价格行情,撑船的也离船上岸去品茶喝酒。方有林一人在船上久等不见娘舅回来,腹中饥饿,就离开码头去城里找娘舅。无意中走进了衢州官家大户戴府的后花园,捡到两只金手镯,为还金手镯,与戴府小姐戴凤英私订终身,戴凤英把家传之宝——一雌一雄的双玉球的雌球赠给方有林作为表记，嘱咐方有林回金华托媒完婚。不料方有林落难，遗失玉球，差点送命，幸得会华南市街人、原礼部侍郎王南文相救。方有林认王南文为干爹，改名王有林，而玉球也失而复得，他最终得以和戴凤英完婚。

61.《**皇凉伞**》，故事发生在清朝咸丰年间。讲述的是金华县塘雅村人黄松山当时为金华八县首富，捐皇粮救灾民，咸丰皇帝为嘉奖表彰黄松山，赠皇凉伞一把，黄松山有了皇凉伞身价倍增，更加坚持行善乡里的生活故事。

62.《**剑客奇缘**》，又名《太极阴阳剑》，故事发生在清朝雍正年间。昆仑山剑派门下大师姐柳春燕和师弟罗海蛟先后下山行侠仗义，两人各有奇遇，各自得到武林至宝太极阴剑和太极阳剑，双双行走江湖镇恶除邪，与崆峒山剑派门人结仇，最终柳春燕和罗海蛟双剑合璧大破崆峒山，为民除害，柳春燕和罗海蛟这对有情人终成眷属。

63.《**七星宝剑**》，又名《叶香盗印》，故事发生在元朝成宗年间。四川成都府华阳县人周湘亭官居当朝一品宰相，为官清正。50岁后生得一子，取名周文正。周文正高中状元又识番书，写番书、退番兵有功，皇上封他为代天巡按，并赐黄金印和尚方宝剑，有先斩后奏之权，到各省地方，就如皇帝亲临。朝中右相田吉高是奸臣，结党营私，欲谋皇权，老家在江苏扬州。田吉高的妹夫是朝中兵部尚书，名叫谢天将，却是忠臣，不肯与田吉高为伍。两家虽是至亲，却不相来往。谢天将只生一女，取名谢素贞。府上有一柄祖传的七星宝剑，剑鞘上有“谢府”二字，宝剑上有七颗星。据传拔出宝剑，见一颗星，则能使人双眼昏花，如见七颗星，则能斩妖除怪，三尺之外都能白光杀人而使人头落地。田吉高久谋此剑不得一见，将妹夫恨之入骨，借机诬谢天将通匪谋反，奏请皇上将其斩首于午朝门，并要派出钦差官兵到山东曹州府将谢家满门抄斩，夺取七星宝剑。幸有人提前到谢府通报，谢家夫人和女儿谢素贞及丫鬟叶香带剑出逃，要到扬州娘舅家中避难。不料谢夫人途中病死，谢素贞和丫鬟叶香逃难到田府。她们做梦都想不到害得自己家破人亡的仇人竟是自己的亲娘舅。田吉高儿子田云庆在扬州仗势作恶，民愤极大。周文正到了扬州，微服暗访田府，被田府识破，打入水牢，并夺走黄金印。幸被水牢的牢头搭救，逃到谢素贞的房中。谢素贞用七星宝剑保住自身清白，更保住周文正性命。叶香三次盗金印，终于拿回金印还给周文正。周文正逃出田府，经千死万难回到京城，上奏皇上，此时皇上方知前因后果，于是将田府定罪，满门抄斩，为国除奸。皇上封周文正为一品宰相，并赐旨令谢素贞和叶香一起与周文正完婚，谢素贞和叶香都被封一品夫人。

64.《**玉连环**》，故事发生在明朝嘉靖年间。江苏松江府华亭县人赵斌，官居朝中礼部尚书之职，是忠心报国之臣，有一子，取名赵云庆。江苏扬州人白龙江在京城官居京营总兵，有一女儿，取名白赛花。当朝宰相是严嵩，与户部尚书张文崇交好，张文崇有儿子张功，托严嵩到白府说媒求婚，白龙江不肯许婚。严嵩一怒上奏皇上，诬告白龙江私吞皇粮、通匪谋反。皇帝出圣旨要将白龙江在午门斩首示众，抄没家产。礼部尚书赵斌以全家性命担保白龙江，白龙江才得免死削官回乡。白龙江离京前到赵府谢救命之恩，并将女儿白赛花许配给赵云庆，同时将白家祖传之宝玉连环赠给赵云庆为表记，叫赵云庆年满 18 岁时拿玉连环到扬州白府完婚，到时只认宝贝不认人。白龙江回扬州不久，赵斌也因病告老回乡。赵斌久病三年去世后，赵云庆带书童赵茂到扬州投亲，途中赵茂谋害赵云庆，将赵云庆推入大江深水中，夺取玉连环假冒赵云庆到扬州白府投亲，不料生出许多是非故事，好事难成，反送掉性命。后来赵云庆被人搭救，高中状元，与白赛花完婚。

（以上由笔者采访，艺人朱流荣提供）

65.《**胡桐单刀雪奇冤**》，又名《吹北风胡桐》，故事发生在北宋真宗年间。河北贝州府人胡桐是贝州大盛镖局的押镖师，绰号“吹北风胡桐”。他有一身武艺,忠肝义胆,为了广大灾民挺身而出,与劫走60万两赈灾皇银的劫匪进行了舍生忘死的争斗,历尽千难万险,终于夺回被劫的60万两赈灾皇银,使灾民能够获得救济。

66.《**大明英烈传**》,故事发生在元朝顺帝年间。讲的是朱元璋出世,历经磨难,起兵反元,广交天下贤士,因礼贤下士,得到天下贤人好汉相助,推翻元朝,建立明朝的故事。

67.《**洪武剑侠图**》,故事发生在明朝洪武初年。讲的是洪武皇帝朱元璋要发兵江西剿灭汉王陈友谅,而汉王陈友谅也派奸细到金陵皇城打探军情,企图谋杀朱元璋夺取大明江山,而引出张三丰等江湖义侠和武林群雄争奇斗胜,助力朱元璋剿灭陈友谅、一统天下的故事。

68.《**燕王剑侠**》,故事发生在明朝洪武年间。洪武皇帝朱元璋死后,皇太孙朱允炆接位,号建文皇帝。马太后与奸党韩金虎、铁弓等人谋乱造反要夺大明江山。燕王朱棣起兵平乱,双方展开错综复杂、惊心动魄的殊死斗争,引得许多江湖侠义之士和武林高手参与双方争斗,可谓是忠奸各列队,善恶见分明。仁义者得天下,最终燕王朱棣在众义侠的帮助下,剿灭叛军,定都北京,号永乐皇帝,社会恢复安定。

69.《**大八义**》,又名《英雄大八义》《大宋八义》,故事发生在宋朝徽宗年间。讲的是湖北武昌府江夏县万户山松竹观道人、人称“八卦金针”的大义士左云鹏,收了宋士公、赵华阳等八个徒弟,个个都是侠客义士,几人闯荡江湖,云游四海,扶困济危,除暴安良,打抱世间不平,保国保民,为国除奸的故事。

70.《**小八义**》,是《大八义》的续集。故事发生在宋朝徽宗年间。湖广彬州府人周义,官居东阁大学士之职,为官清正,办事铁面无私,人称“铁御史”,与朝中太师蔡京，奸党高俅、杨剑、刘彦龙等人不合。以蔡京为首的一帮奸臣设计陷害周义满门抄斩，只有周夫人和儿子周顺逃走活命。周顺逃命江湖，与徐文标、阮英、尉迟肖、唐铁牛、孔生、时长青、花云平等人结为“小八义”，行走江湖，除暴安良，保国除奸。后来周顺状元及第，为父昭雪报仇，重振家业。

71.《**罗通扫北**》，故事发生在唐朝太宗年间。时有北国番邦突厥国王赤壁康王派人下战书，并在下战书者的脸上刺“灭唐”两字，唐太宗李世民龙心大怒，决定御驾亲征，扫北灭番。于是以护国公秦叔宝为扫北兵马大元帅，统兵二十万出征。兵事难料，北国突厥也非同一般，精兵良将俱备，竟把唐太宗围困锁阳城。危机重重，鲁国公程咬金杀出重围，回京城长安搬救兵。在京城比武的少年罗通夺得帅印，为扫北二路大元帅。番邦屠庐公主对罗通一见钟情，助罗通大破番兵，解锁阳城之危，直至番王赤壁康王投降称臣。北国平定，班师回朝。回国后程咬金作媒，唐太宗赐婚让屠庐公主和罗通完婚。不料罗通以屠庐公主叛国卖父、无情不义而坚决拒婚，致使屠庐公主在洞房之夜自杀身亡。

V 记孝顺和风书社

2007年7月10日晚，孝顺镇和风书社开张，我带领金华市金东区曲艺家协会理事和节目演员十几人参加。时值仲夏，天气燥热，所幸日近黄昏，忽有微风送凉，使人倍感轻松。

和风书社位于孝顺镇老街上街桥头，是孝顺镇前制区政府所在地，占地面积约70平方米，是朝北临街的店面屋，为旧时孝顺最繁华热闹的地段之一。如今已由孝顺镇人民政府根据书社的文化内涵进行装修，面貌焕然一新，临街的门口顶上5米多长，1.2米高（宽），由孝顺著名书法家俞新安书写的“孝顺镇和风书社”横匾耀眼生辉。室内的说书台案披挂着大红台裙，龙飞凤舞的图案以示活泼吉祥，裙边的金黄色流苏和谐悦目，台后的墙幕图案流畅鲜明、古色古香，“孝顺镇和风书社”七个大字呈半月弧形，有一种洞天福地的感觉，下方署名孝顺镇人民政府、金东区曲艺家协会，展示着和风书社的身份和功能特点，里面摆放的音响设备体现了和风书社的现代化功能。

孝顺是个集镇，每逢单日为墟日，墟日客商云集，邻近十里八乡的百姓都赶来买卖农产品山货，各取所需，是古老的繁华商埠，现为孝顺镇政府所在地，是镇辖内政治文化中心。

孝顺镇历史悠久，文化底蕴深厚，据考古发现和史料记载，早在新石器时期已有人类在这一带地方繁衍生息，王莽新朝始建国二年（公元10年）已有村落，东汉初平三年（公元192年）置长山县，自古民风淳朴，事亲至孝，因多有孝子而得其“孝顺”地名，故孝顺地方的“孝文化”积淀尤其深厚，传承、弘扬“孝文化”对构建和谐社会和精神文明都有重要的意义和积极的作用。

孝顺人对听书、听道情历来是情有独钟，受教于乐、乐中明理已成习惯，所以孝顺是民间曲艺艺人养生聚财的一方热土。但随着当今社会的进步和科技的发展、电子艺术的无限扩张，人的娱乐观念和形式也发生转变，传统古老的文化娱乐，特别是民间曲艺阵地难守，艺人纷纷改行别就，孝顺这方曲艺热土也难免遇冷。在孝顺，已有很长一段时间难觅说书、唱道情踪迹。

为了传承、弘扬地方曲艺，特别是金华道情这一民间古文化瑰宝，金东区曲艺家协会有意向创办曲艺书场，给民间曲艺爱好者一个活动和娱乐的平台，在金东区政府相关部门及有关领导的关怀和撮合下，与孝顺镇政府一拍即合，由孝顺镇政府主管并全额出资，由金东区曲艺家协会倾力配合承办的孝顺镇和风书社由此成功诞生。孝顺的曲艺迷们可以免费喝茶听书、听道情，孝顺镇政府在金华曲艺史上开了先河。从此，孝顺有了一处传统文化和现代文明交融的乐园，孝顺的“孝文化”特色将在这里得到传承、传播和弘扬。

走在孝顺几条老街上，都能见到有关和风书社开张的横幅在迎风招展，显眼的广告栏里也都张贴着和风书社开张的告示，许多热心的曲艺迷沿街奔走相告，热烈的气氛和喜庆的氛围如春风扑面。晚7时未到，书社及书社门口街路附近已是人头攒动，音响在播放道情曲目，唱出了道情曲艺的过去、现在和将来。孝顺的老书法家金岳松送来字画挂幅为书社添彩，友邻义乌市曲艺家协会主席叶英盛亲自到场赠锦祝贺。晚7时许，在简单的开场仪式后就开始节目演出，因为是书社开张的首场演出，节目是曲艺大会餐，金东区曲艺家协会的演员依次登台亮相，道情、说书（单段）、故事、小品、口技、快板、独角戏等精彩表演博得观众的阵阵笑声和掌声。金东区文联、孝顺镇政府等相关领导都到场观看演出，金华电视台、金华日报社的记者也都赶来捧场采访。此后的每星期二、四、六晚上（7—9时），和风书社都有以说书、唱道情为主的曲艺演出，曲艺演员的精彩表演和听众开心的笑声引来行人驻足。和风书社成了孝顺镇一道亮丽的风景线和一个文化亮点。金华电视台先后在两个频道里播映报道，《金华日报》在2007年7月15日（星期日）的“文化版”做了长篇详细报道，并附有两幅醒目剧照以飨读者。关于孝顺和风书社的成功创办，孝顺镇纪委书记、宣传委员何平，金东区文联副主席叶涛，两位以对曲艺事业的特别热情付出了特别的辛勤，我作为金东区曲艺家协会主席，深表感谢和敬意，兴奋之余，谨以拙文为记。

曲艺复兴之希望

——孝顺镇和风书社现象浅析

[**曲艺新现象**] 2007年7月10日下午6时许，金东区孝顺镇古老的上街桥头挤满了人，人头攒动，音响里正在播放着满是乡音韵味的金华道情，那曾经非常熟悉的声腔音调在空中回响。人们都以新奇的目光和惊讶的神色注视着、谈论着这里的一件新鲜事。原来，由孝顺镇人民政府主办，金东区曲艺家协会承办，两家协作创办的唱金华道情、说金华大书的孝顺镇和风书社将在这里开张演出。

金华道情和金华大书是金华民间方言曲艺的两大曲种，为金华百姓所喜闻乐见，也是金华民间草根文化和口头文学的典范，历史悠久，底蕴深厚。特别是金华道情，在地方上曾经是家喻户晓，有"穷虽穷，一户人家七把筒(道情筒)"之说，可见金华道情当时在民间流行的盛况。那么，如此普通、普遍、普及的乡俚土货，今天为什么会有如此新奇、如此"兴师动众"的场面，这也正是我所要说的话题。

[**曲艺的底蕴和现状**] 孝顺是个历史悠久的古老集镇，远在东汉初平三年置长山县(今金华市)时就曾经是县府所在地，民风淳朴，民间文化积淀深厚。这里对金华道情和金华大书情有独钟，用曲艺的行话来说是块"响地"，即使在"文革""破四旧"期间也照样流行、盛况不减，民间艺人纷至沓来。可随着社会的发展、科技的不断进步、文化娱乐形式的多样化，特别是电视、电脑、游戏机等多功能电文化娱乐的不断推广，在喜好新奇的心理的驱动下，人们的文化娱乐观念随之改变，传统古老的民间曲艺遭到冷遇。从20世纪80年代末开始，金华的曲艺演出市场就开始萎缩，而且是一滑而不可止，金华曲艺面临濒危状态。到了21世纪初，几乎已是名存实亡。孝顺地方也免不了受"大气候"的影响，金华道情和金华大书都在孝顺街上销声匿迹。加上许多年长的民间艺人前辈已相继作古，稍后的又大都改行别就，真正痴情曲艺者已是寥寥无几。即使有艺人能再展昔年风采，但实在也是一"书"难求。在城市里，原有的曲艺演出场地因拆建而消失，如今的所谓茶楼，重在一个"楼"字里做文章，装潢高档，布置典雅，是富家哥儿妞姐们谈情说爱、绵情风流之所，是商家们谋计论商之地，

与下里巴人的曲艺无缘。在农村集镇的茶馆店也基本都是麻将和扑克的阵地。办曲艺演出场所几乎没有经济效益,弄不好还要赔本,而如今人的经济效益观念的强化是史无前例的,所以要想有个曲艺演出场所谈何容易。然而,伟大的中华民族几千年的文明史中,非物质文化遗产堪称民族精神之瑰宝,有其十分珍贵的保护价值。但要保护好它并不容易,它不是文物,能修旧如旧,一成不变。非物质文化遗产是活的,是无形、不固定的,它存在于掌握它们的人的肚子里、脑子里、身上、口中。其中曲艺就是如此,只有演出时才能显示出和让人感受到它们的存在和价值,没有演出就等于零。而且艺人的艺术水平不同,演出时所体现出的价值也就有差异。更何况曲艺演员的演出不是一成不变的,是因地、因人、因时的不同而会有所不同和变化,这也就是口头文学变异性的特点。但正因如此,它能与时俱进,迅速调整、创新和改变,这也正是如影视艺术和书面读物等固定性较强的文化载体所不如且无可比拟的。

[**曲艺平台的新模式**]　孝顺镇人民政府从一个崭新的社会发展视角高度来决策,出资在孝顺古老的上街桥头创办孝顺镇和风书社。从实际出发,把曲艺演出作为公益性的文化活动,作为新农村文化建设的一个部分,又可作为政府部门文化宣传的一个窗口,把社会主义新农村建设和精神文明建设相结合,把保护非物质文化遗产和丰富群众文化娱乐生活相结合,把宣传和娱乐相结合,寓教于乐,寓教于情,把农村现代的文化建设和传统文明的古文化复兴相结合,既能保持孝顺古镇以往的繁华风貌,又满足了社会上老龄化的文化消费弱势群体的文化生活需求,还给了民间曲艺一个再现昔日风采的平台,使曲艺有了经济收入,民族的非物质文化遗产得到了保护、传承和弘扬,古为今用,继往开来,共建社会和谐。和风书社开办以来,保持每个星期的周二、周四、周六晚上演出,一周三场,每场演出时间在两个至两个半小时之间,晚上 9 时以前结束。演出内容以传统的中长篇书目为主,连续集形式,每晚两集。演出前都有加演小节目,俗称摊头。摊头有结合形势的新作,也有传统的百姓生活小故事。幽默风趣是曲艺的特点、特色、特长,金华、义乌两地的曲艺名家和老艺人叶英

盛、朱顺根、盛根旺、朱流荣、施存草、陈汝宝、方和春、楼义忠、蔡德渊、陈云山等陆续登台演出，博得观众一致好评，书社里笑声不断，掌声四起。一些曲艺爱好者也纷纷登台亮相，一显身手。2008 年 6 月，和风书社又开设新栏目《老盛说新闻》，由盛根旺主持，把一些与老百姓生活相关的并在报纸上刊登的社会新闻用方言以讲故事的形式演说，深受百姓青睐。到 2011 年春节前，共计演出 530 余场，从酷暑到严寒，观众场场爆满，总计人数达近 6 万人次。和风书社成了孝顺镇新农村文化建设的一道亮丽的风景线。金华电视台各频道的《新闻节节棒》《小马开讲》《金东新闻》《百姓零距离》《今晚九点半》等栏目先后多次采访报道，《浙江日报》《钱江晚报》《农民日报》《金华日报》《金华晚报》等各大媒体也都有过相关报道。古老的民间曲种，一个不大的演出场地，为何会如此地抢人眼球、引起轰动与关注而成为社会的一个新热点？其中有三个因素是毋庸置疑的。其一是孝顺镇政府在新农村建设中重视文化建设，把农村的物质建设和非物质建设相结合，共建和谐的社会主义新农村，并高度重视传统文化的积极作用，弘扬孝顺的“孝”文化，传承“百德孝为先”的传统观念，同时也意识到曲艺在民间百姓中的感染力，从一个新视角出资创办和风书社，为老百姓提供一个全程服务型的文化娱乐场所，让村民们免费喝茶、听书、听道情，重新得到一种曾经喜闻乐见的传统文化享受，在快乐中去品味、去感受和谐新农村和政府执政为民的宗旨。地方政府出全资为老百姓创办民间曲艺演出场所，孝顺镇人民政府在金华曲艺史上开了先河。其二是原来扎根民间的、深受老百姓喜爱的金华道情和金华大书等曲艺已经沉睡了很久，人们渴望它的醒来，孝顺和风书社的创办实现了老百姓期盼已久的愿望。久别重逢，有如久旱逢喜雨，更何况是免费享受。正如孝顺的观众们所说：“这是做梦都想不到的好事。”其三是国家正在大力提倡非物质文化遗产保护，孝顺镇创办的和风书社为保护和弘扬非物质文化遗产树立了一个榜样，成为一个典型、一个范例，这样一件事关国之所需、民之所望的大好事，当然会令人关注、抢人眼球！

在孝顺镇成功推出和风书社的基础上，金东区曲协与区文联和金东区曹宅镇政府积极沟通商洽，在曹宅镇政府的大力支持下，又于 2010 年 11 月 12

日创办了曹宅镇北麓书院，为金东区的曲艺文化活动再次搭建新的载体和平台。曹宅镇北麓书院以曹宅镇传统集市日(农历一、四、七)为活动日，上午8时30分—10时30分演出，每月9场，自创办以来人气日增，如今每场观众达150人，已成为曹宅镇新农村文化建设的又一道亮丽的风景线。民间曲艺的书社、书院模式给人们带来了新的强烈的视听觉感官冲击，反响强烈，起到文化示范带头作用。老百姓都鼓掌叫好，体现和展示出传统文化新模式的感人魅力，这是金华民间曲艺复兴之希望，为重新振兴金华曲艺文化开了个好头，让传统的民间草根文化在社会主义的新时代里发扬光大。

[**曲艺家协会的职能和作用**] 积极构建和谐社会，推动新农村文化建设，创建民间曲艺传统文化活动新的载体和平台，乡镇书社、书院模式受到农村群众的热烈欢迎，也得到上级党委、政府和文化部门的高度重视和充分肯定，为地方曲艺走出濒危、重新振兴找到一条可走的新路子。在这创新的过程中，金东区曲艺家协会抓住机遇，尽其职能，发挥整体优势，为政府和曲艺搭桥，起到了极其重要的作用。曲艺在农村乡镇有了更广阔的天地，曲艺下乡服务于农是曲艺复兴最有希望的出路。曲艺家协会的当家人，如何把握机遇，利用职能，发挥协会整体的优势去沟通和配合地方政府，争取地方政府支持合作，共走新农村文化繁荣和民间曲艺复兴之路，让宝贵的非物质文化遗产更好地得到利用、传承和弘扬，是今后值得研究和探讨的新课题。金东区曲艺家协会携手地方政府创办书社、书院模式只是个开头，曲艺复兴之路艰难而漫长，鲁迅先生曾说过："地上本没有路，走的人多了，也便成了路。"但愿曲艺之花遍地灿烂！

2011年8月7日修改稿

金华道情的说唱艺术

——国遗传承人朱顺根的唱法技巧略谈

据记载,金华道情已有300余年历史,曾在金华城乡十分风行,民间有"穷虽穷,家有七把道情筒"之说,可见道情曾经在民间流行之盛况。随着社会的进步和发展,人们对文化娱乐的追求和向往也发生流变,传统古老的民间口头文学艺术难以适应潮流,因受到冲击而遭到冷落。但凭着金华道情曲艺在民间的深厚底蕴和艺人的深厚功底,如今还是极具竞争力,这在孝顺镇和风书社和曹宅镇北麓书院得到印证。孝顺镇和风书社创办于2007年7月,至今已有5个年头,每周二、四、六晚上说唱道情,场场座无虚席,观众百听不厌,人气不减。曹宅镇北麓书院创办于2010年11月,每逢农历一、四、七曹宅集市,上午说唱道情,月计9场,场场有因挤座而站立者,人气极旺。艺人说唱金华道情可谓各人各腔调,各有各的特色韵味,观众也是萝卜青菜各有所爱。在金华说唱道情的艺人中,金东区澧浦镇朱顺根是人气最旺的一个,他是金华道情国家级的非物质文化遗产传承人。

朱顺根绰号"小白痢",现已70岁,自14岁拜师学艺唱道情,艺成后以职业养家糊口,在50多年的说唱道情生涯中走遍金东的大小村庄,可谓无人不识"小白痢"。本人同好曲艺,主持孝顺镇和风书社和曹宅镇北麓书院的曲艺活动,常与朱顺根接触,听他唱道情,因而对他的说唱艺术和伴奏技巧感触颇深。

朱顺根说唱道情的腔调押方言语韵,有时也不押韵,声腔高低随时转换,以"花"和"乱"为特色,南腔北调,五花八门,调不死板。唱词的长短句不一,短句只有几个字,长句时几句唱词一气呵成,把观众的情绪也逼得跟着他一口气听到底。他唱道情故事情节层次分明,过纲节脉清楚,而一个情节的交代却如剥茧抽丝,层层深入,引人入胜,能牢牢抓住观众的喜好,令人欲罢不能。这也是他说唱道情独到的艺术魅力。

说唱道情最难的是伴奏,难在伴奏器具的简单,看上去简简单单的一个道情筒和两支竹板,却要拍打出千变万化的节奏,这绝非易事,非但要心思灵巧,还得久炼成钢。朱顺根拍打节奏随心而为,喜怒哀乐、紧急快慢、茶楼酒肆弄情、攻城略地拼杀都尽在这一筒二竹板中。可谓一筒尽乾坤,二板分阴阳,世间情万种,变化唯有几指忙,有万马奔腾,有行云流水,有风狂雨急,有山水叮当,唱者用心，听者在心，无心则无味。为探其“筒法”奥妙，我曾请教朱顺根。总结一下他说的意思，就是道情筒和竹板的拍打节奏应随情而生，由心而化，不能死板，但千变万化总是“九九不离娘”，变化离不开“娘板”，笼统归纳一下，大致可分为十三个“板头”。

一、七记板，一般常用于唱前起板，是闹场板，表现艺人的技艺水平和吸引听众的能力，是艺人说唱道情时的亮相之选。道情筒和竹夹板拍打声音热闹，拍筒的手指指法弹动很“花”，俗称“花指筒”，七记一板，快速连环重板继续2—3分钟，音板调是：呛呛呛、呛呛呛、吉呛……七记板是学唱道情的最基础板头，有“第一娘板”之称，也常用于说唱中的一些情节起伏场合和转换板调的衔接。

二、喜板，俗称“流水板”，用于道情剧目故事中的喜庆场合，音板调是：朗当吉、当、吉朗当……

三、哭板，用于说唱道情故事中哭的场合，哭板在哭中配合非常重要，增加哭的气氛，如果配合不当，哭就变调，没有哭味。音板调是：当当吉、吉当吉、朗当吉……

四、快板，俗称“追板”，一般用于道情故事情节紧张、危险、激烈的场合，唱得急，调紧，语速快，板调配合增加紧张气氛，能使观众提心吊胆、聚精会神。音板调是：当当当当当当当……竹板跟着配合，是最快的拍打法。

五、武打板，用于道情故事的打斗场合，一听到板调就知道是在打斗，音板调是：朗当吉当吉当呛、咚咚吉当呛……

六、魁星板，是说唱道情的一种专用板调，用于道情“八仙”中魁星出场，俗称“点魁星”，音板调是：咚咚咚、呛、咚呛咚呛……

七、散板，也叫“常板”，是说唱道情时用得比较多的“板头”，它的节奏根据故事情节的转变而变化，拍打时不论记数，连环继续，有时会延续到一段情节的唱词结束，音板调是：朗当呛、呛呛呛、朗当呛、吉当呛、呛呛呛……

八、阴阳板，俗称“骂板”，用于说唱道情中故事人物的对骂或骂人，男女对骂时要分男女音，男女音的板调不同，轻重快慢都有区别，音板调是：呛呛吉呛、吉朗呛、呛呛呛吉呛呛、呛……

九、花板，又叫“杂板”，在说唱道情时根据故事情节紧慢变化而变化，记数不定，随意拍打，是各种“板头”的随意合杂板。

十、拖板，是说唱道情时唱完一句唱词时的结尾拖音节奏，音板调是：当、当、当、当、吉当当……

十一、闭板，说唱道情时用于道白或是唱词语气果断、不容置疑时的节奏，即事情已有决断或话语结束时，俗称“老卜断”，只一记音，手指打出后不离道情筒而把筒的余音封闭。

十二、花郎板，俗称“讨饭板”，是说唱时用于故事情节中落难的人求乞或向施主唱讨饭曲的板调，音板调是：得吉呛、呛、朗当呛、呛呛呛……

十三、龙鼓板，一般用于故事中皇宫文武官员上朝见主的情节，有时也用于高官府上迎宾接客，隆重热闹。音板调是：咯朗咚、咯朗咚、咯朗咚、吉吉吉、当当当当当当当当当当当当当（十三记追当）……

朱顺根在说唱道情时各种板调转换混用，穿插连环，错落有致，乱出花样，乱中有序，乱不生厌。道情筒拍打各种音板，全靠右手的中指和无名指，这两个指头尽敲、打、弹、击、拍、闭等指法，从中演化出无数音符节奏，但其中“朗”“呛”“得”“咚”“当”五音是基础，这五音拍打的指法分别是：“朗”音一指打筒边，“呛”音二指击筒中，“得”音一指弹筒边，“咚”音二指敲筒中，“当”音双指拍筒中。左手的两支竹击板是道情筒拍打五音节奏的辅助，由拇指和食指上下开合来完成两支竹板互击发音，把两支竹板相击发出的“吉”音有节奏地融合到道情筒的五音中，竹板相击的快慢随着道情筒拍打的节奏变化而上下配合，恰到好处。所以拍打道情筒和竹击板是道情说唱艺术的关键技巧。朱顺根的“筒法”独具特色，与众不同，以“闹”著称，有“金华第一筒”称号。

朱顺根说唱道情的另一特色是故事人物角色的转换对话，其对话的方式有道白也有唱词，在对话中刻画人物的性格。他用男女、轻重、快慢、软硬、粗细等音调语气分别表现出人物的男女老少、富贵贫贱、忠奸善恶、侠义薄情、刚直凶狠等。用现实生活中人们的思想情感来表现故事人物的心理思维活动，把故事情感变成现实生活中的情感，让观众感同身受，人在其中，欲罢不能，达到故事从民间来又回到民间去的艺术境界。他把自己丰富的生活经验、老练的人情世故融入故事人物的对话，形成自己独特的对话艺术唱法。所以他唱道情无需死记硬背，只要有故事的纲脉，情节就能顺流而出。一本道情剧目也因此而每唱不同，极富新鲜感，令人每听不厌，人称“活道情”。

“插花”是朱顺根说唱道情的拿手好戏，也是其最大特色之一。唱道情的“插花”与说书的“噱头”和相声的“逗笑”含义差不多，说白了就是笑话。朱顺根在说唱时常会出其不意地抛出笑料，引发哄堂大笑，增加场面的欢乐气氛。其实大凡说唱道情艺人一般都会来几下“插花”，但多数都是生搬硬套、千篇一律。插不恰当，空洞呆板，插死花，没鲜味，难成笑料，毫无色彩。而朱顺根不同，他的“插花”来自人们生活中一些细节的夸张，若有若无，花样迭出又耐人寻味，往往是出乎意料，脱口而出。简单自然，紧扣故事情节的中心且又恰到好处，令人心花大开，笑声自发，人称“脱口漏”。

口技是朱顺根的又一专长特色，他在说唱道情时根据故事情节的应时应景需要，将口技适时地融入说唱中，增加故事场景的热闹与真实感，让观众如临其境，置身其中，无论是鸡鸣狗吠、牛叫马嘶、鸟唱兽嗥、群马奔腾、羔羊乳母、杀猪宰鹅，那声音都模仿得惟妙惟肖，使他说唱的道情与众不同，别具趣味。

朱顺根在说唱道情中的“哭”也很有特色，道情故事情节离不开人的喜怒哀乐，哀而哭是人之常情，哭是人们生活中的一道风景，无哭不成生活。哭得是否入情入理，关系到观众内心情绪的共鸣。一般道情艺人都会哭腔，但哭起来干号呆板，只是一种腔调而不是哭，听起来令人烦躁，观众坐不住就只得走人。而朱顺根的哭就不同，他哭起来凄楚一片，哀情十足，有些心软的观众，特别是女观众往往都会听得不禁流泪，心酸得站不起来。他的那些哭词也很动人，哭得好听，所以观众又流眼泪又想听，听“哭”便成了一种特殊的情感享受。比如“哭嫁”中的娘哭囡：囝啊，阿格囝啊（囡出嫁时哭要叫“囝”，意为早生儿子传宗接代），今日是侬红日喜事做大人，外穿红衣里穿青，到了夫家发财又发丁，一脚踏黄金,一脚踏白银,团孙兴旺满堂厅。今日双手扶轿杠,日后夫家娘家都兴旺。手握红卵(红鸡蛋)袋,心头(胸口)定心镜,左右两边万年青,夫妻恩爱百年情,今日一线缝到头,一生一世吃用都勿愁……又比如“哭丧”中的哭夫:啊,阿格夫啊,团格爷啦,今日送出上山岗,保佑灵魂升天堂,侬么安心去,保佑儿孙都兴旺,侬是一世做侬太平都善良,下世投生定有好地方,格生世夫妻到老都白头,下世还要和侬再成双……哭得有板头,有声色,叫人听得欲罢不能。

朱顺根说唱道情“杂”是出了名的。他每说唱一个剧目都能根据不同剧本的情节内容、特定场景,把人在现实生活中有的,包括经历过的、见到的、听到的各种现象和生活状况都融到故事情节中去,使故事变得更加真实。他对江湖行话、南腔北调、各地方言、小贩叫卖、行医卖艺、讨饭莲花、和尚念经、道士唱曲、神汉巫姑、游戏赌博等三教九流都有临场模仿应用的真功夫,往往听了令人捧腹。正因如此,一个别人只能唱十几场的剧本,他就能唱三四十场,而且听众也是别人的几倍。

朱顺根说唱道情也有美中不足,他对剧本故事中的宫廷礼节、公堂审案、官府往来等内容的表现相对稍有欠缺,这与他是个一字不识的文盲有关。但对于一个民间曲艺人是无须苛求的。他从艺几十年,以独到的艺术特色,影响了金华道情的一个时代,成为金华道情的一个杰出的代表人物,确实无可厚非。他为金华道情的辉煌作出了积极的贡献, 作为金华道情国家级非物质文化遗产传承人,是一个时代的荣誉。

之
双龙茶馆

孝为先
雅畈第二届非遗文化周
曲艺汇演

Ⅴ 盛根旺曲艺作品选

十颂金东

旭日东升半天红
金华有个区名字叫金东
美丽金东名出众
金东人更有风光梦

一唱美丽金东好风光
五水共治上战场
根除污源没商量
河道清淤挖清爽
堵绝污水不离岗
堤坝绿化扮漂亮
上下同心气势壮

二唱美丽金东好风光
三改一拆扫违章
无论鸡舍羊栏养猪场
还是仓库和厂房
违章一律不卖账
无私彰显正能量
拆出蓝天灿烂的阳光

三唱美丽金东好风光
环境整治打硬仗
户户立下军令状
垃圾分类化减量
村村都建沤肥房
环境卫生人健康
美丽家庭争榜样

四唱美丽金东好风光
农村社区新常态
城乡一体步子快
产业转化分区块
集镇建设新台阶
制度创新思路开
各具特色展风采

五唱美丽金东好风光
居家养老新时光
村村养老办食堂
服务周到饭菜香
休息娱乐赶时尚

晚年安乐有福享
盘古开天头一趟

六唱美丽金东好风光
农村文化大礼堂
精神家园新梦想
新农村的新气象
新生活的新质量
人人参与百花放
新时代的新文章

七唱美丽金东好风光
农村旅游人气旺
锦林佛手园里别致古色香
农业观光尽见寨春农场
山头下古村落千里来寻访
千年老街岭五有坡阳
世界闻名艾青故居畈田蒋
万亩桃花施光南故乡
绿道骑行大喊真漂亮

八唱美丽金东好风光
现代农业登台齐亮相
澧浦苗木闯出大市场
葡萄草莓品牌打得响
白桃柑橘地域独无双
蔬菜基地新鲜供应有保障
树桩盆景园是休闲好地方

九唱美丽金东好风光
电子商务称百强
阿里巴巴强中又称王
信息软件创业大招商
六大市场带动经济大增长
现代物流快速又便当
休闲购物去万达广场

十唱美丽金东好风光
城市向东大方向
中心就在施光南广场
多湖商业区是领头羊
新城标杆是万达广场
纵横街路框架已定向
三江六岸公园赛苏杭
金东新区展宏图
美丽处处都有好风光来好风光

金东区廿周岁

合唱:情筒敲得嘭嘭响
众家姐妹到台上
金东区成立廿周年
放开喉咙唱开场
甲唱:一轮红日出东方
(众跟唱)金东土地闪金光
(下同)金东区成立廿周年
朝气蓬勃创辉煌
众表:我们金东区今年廿周岁啦。
乙唱:金东区原来是乡村
种田种地为根本
农民早出晚归两头灯
鸡啼狗叫共生存
众表:现在完全不一样啦。
丙唱:廿年时光大变样
城市农村一个样
都有公园和广场
处处歌舞音乐响
丁唱:城市建设快扩张
高楼大厦争风光
学校医院高大上
高新企业新厂房
甲唱:金东新城分东西
双城建设抢时机
西城商业争富贵
东城数字新科技
乙唱:交通发展快如飞
高速高铁加轻轨
国际班列奔欧洲
海港码头通陆地
丙唱:火车南站新亮相
铁路仓库大货场
大展宏图势正强
大金东从这里起航
丁唱:招商引资大项目
大干快上加速度
数字赋能有力度
新城发展升高度
甲唱:金义新区新成立
自贸区成功挂牌
三区协同大发展
尖端人才纷纷来

乙唱:农民转换变工人
农村面貌旧换新
客商投资抢金东
一寸土地一寸金
丙唱:两山理念到金东
绿水青山满金东
金山银山富金东
环境整治美金东
丁唱:三江六岸新风景
跨江大桥彩虹影
千里绿道特色新
美丽金东画中情
甲唱:垃圾分类创品牌
全国各地参观来
习主席点赞新时尚
文明新花遍地开
乙唱:居家养老最先行
弘扬孝道倡文明
全国推广成典型
许多地方来取经
丙唱:特色发展就地计划
人文挖掘各有风采
苗木花果红娘传媒
文旅结合致富发财
丁唱:万亩土地大整合
良田工程项目新
智慧开发引先进
金东又出新风景
合唱:廿年历程初成长
壮志凌云有梦想
和美金东新城区
希望新城更漂亮来更漂亮

严党建展宏图

唱:三阳开泰光明路
　两美金东迈大步
　共产党的光辉照前途
　党建工作是基础
　党员带头不能来马虎
　新农村建设要两富
　关键就看党支部
　严抓党建展宏图
表:党建就是要加强共产党的组织建设和共产党员的思想素质建设,落实全面从严治党,以党管党。
唱:党员理想信念要牢固
　组织纪律要清楚
　党性原则要抓住
　党员行为要规矩
　基层组织有制度
　严格管理有尺度
表:党员要有坚定不移的理想和信念,要遵守纪律有规矩。
唱:基层党建要区域化
　党建体系要标准化
　党建管理要规范化
　党建要健全法治化
　党建功能要服务化
　党建教育学习要常规化
表:党的基层组织建设一定要实现六个“化”。
唱:党员的党性要坚定
　牢记先进的代表性
　为人民服务要尽心
　敢于担当有干劲
　落实党的政策要尽责任
　要守规矩能廉政
　预防腐败要有警惕性
　大公无私才能有威信
表:大公无私是共产党员的最强生命力。
唱:一身正气好形象
　以身作则做榜样
　权力为民有理想
　艰苦奋斗敢担当
　精诚团结正能量

党员素质要修养
思想建党不离“娘”
脚步紧跟共产党
表:一个共产党员的思想素质要不断修养,要跟着党“九九不离娘”。
唱:党员要带头当先锋
工作生活好作风
领先群众能服从
党员要有大作用
时刻检点不放松
事事着想为民众
不摆架子不居功
光明正大不变通
表:党员一定要光明正大、不走地下、不搞变通。
唱:党员“五有”要记牢
有大局意识能领导
有担当作为能力高
有奉献精神威望高
有公心人间有公道
有规矩就能走正道
表:共产党员的心中要有“五个有”,一个都不能少。
唱:严抓党建有思想
党建合力正能量
党的事业更辉煌
党员处处闪金光来闪金光

“双 60”——我的心里话

唱:山河万里好风光
金秋佳节桂飘香
60 周年共欢庆
全国人民喜洋洋

表:今年是我们新中国成立 60 周年,是新中国 60 岁的生日,心里真高兴。

唱:60 年创业兴华夏
改天换地大变化
浙江评选“双 60”
大家都有心里话

表:评选“双 60”,是浙江人民给新中国 60 岁生日的献礼,就是评选出“60 句爱国名言”和“60 句祝福祖国的话”。

唱:“双 60”,也有我的心里话
先唱几句爱国名言大家听
60 年前 10 月 1 日这一天
毛主席在天安门城楼上
说了一句话

白:中国人民从此站起来了!

接唱:这句话证明了
中国人民的坚强和伟大

表:推翻一个旧中国,建立一个新中国,几十年的生死拼搏,中国人民终于站起来了,没有爱国主义精神是做不到的。

唱:改革开放展宏图
中国走上致富路
总设计师邓小平
他说道

白:我是中国人民的儿子,
我深情地爱着我的祖国和人民!

接唱:一句话已表明
炎黄儿孙赤子心

表:只有热爱祖国,热爱人民,才能为国家谋求昌盛和人民幸福。

唱:胡锦涛总书记
一句话儿大家听

白:我坚信任何困难都难不倒英雄的中国人民。

接唱:一句话鼓舞了

全国人民的爱国心
表:只有爱才会信,才会为国为民去
奋斗,才能排除万难去争取胜利。
唱:革命先烈方志敏
为国献身为人民
临刑就义留绝句
喊白:假如我还能生存,
那我生存一天,
就要为中国呼喊一天!
接唱:万古垂青传英名
表:没有爱国之心,哪能如此壮烈!
唱:世界著名大诗人
我们金东傅村人
他的名字叫艾青
诗句充满爱国情
念白:为什么我的眼里常含泪水?
因为我对这片土地爱得深沉!
表:诗人爱国,才会眼含泪水,
以笔当枪,为新中国的成立而奋斗!
唱:唱过名人名句爱国言
再唱祝福祖国千万声
“双60”里多少音
一张口也唱不尽
表:“双60”是整个浙江人民的声音,
无论如何都唱勿尽唱勿光格。

唱:神州大地花似锦
伟大祖国好前程
我们真诚共祝福
祖国繁荣更昌盛

60年来春秋过
江山万里一片红
建设未来责任重
全国人民携手建奇功

60年光荣和梦想
中华民族团结纳千祥
展望明天和未来
让我们创造更多的辉煌

从新生到繁荣
沉睡千年舞东风
问君东方谁英雄
举世无双中国龙

中华崛起颂炎黄
富民强国有理想
祖国前程美如锦
永远是
地平线上的红太阳来红太阳

处处治水上战场

（前奏：吉嘭吉嘭吉吉嘭……）

唱：夹板情筒一齐响
今天要唱啥名堂
各位朋友听清爽
要唱处处治水上战场
全民参战已打响
要打“五水共治”翻身仗
铁腕治水意志强
上下同心气势壮
“五水共治”保民生
要把地球扮漂亮

表：“五水共治”就是要治污水、防洪水、排涝水、保供水、抓节水。水是民生头等大事，只有治好水才能保民生。

唱：污水横流几春秋
多少危害多少愁
喜见“五水共治”风雨骤
多少欢乐涌心头

表：“五水共治”真是天下百姓的大喜事。

唱：要治污水清源头
根除污源清水流
污源不尽不罢休
不见清水不回头
畜牧养殖场源头不能留
有排污的工厂要搬走
铁腕治水战持久
保护水源岗常守

表：根治污水源头是一场攻坚战和持久战。

唱：河道污淤要清除
河岸堤坝要清楚
两岸养花要种树
河流清洁要保护
清源责任要到户
乱倒污物要治处
人人治水要觉悟
严格管理要制度

表：保护水、养好水不但要有好的水环境，更重要的是每个人都要重视和参与。

唱:治理污水通河道
洪水无灾能排涝
防洪排涝丰收保
安居乐业人寿高

表:治清污水、能防洪水、没有涝水才能保证丰收和安全，大家才能安居乐业、健康长寿。

唱:工厂污水要排放
生活污水要流淌
河道水面又要清爽
生活用水要保健康
矛盾困难一齐扛
科学治水办法想
改变水环境是总纲
还要多办污水处理厂

表:要根治污水不容易,因为污水与社会经济发展和人的生活紧密相关,污源多而不断,不仅要用常规化手段治水，更要用现代科学来治水，比如造污水处理厂来使污水变成清水。

唱:要保供水先治污
没有污水有前途
吃喝放心没顾虑
保证灌溉不耽误
五谷丰登民富裕
身体健康病患除
战略决策是政府
执政为民指出路

表:党和政府下决心“五水共治”是执政为民的重大决策,是关乎民生、造福后代的大好事。

唱:黄金有价水无价
世上生命都靠它
细水长流能量大
节约用水要常抓
人人用心“治五水”
处处风景美如花
汗水洗污决心下
“五水共治”再出发
英雄治水上战马
壮士断腕不回家来不回家

扫黄打非创文明

（前奏：吉嘭吉嘭吉吉嘭……）

合唱：清风万里天无云

猴王金棒力千钧

利剑出鞘玉宇清

扫黄打非创文明

七十周年迎国庆

新时代里气象新

男唱：社会精神要文明

文化市场要管紧

文化环境要干净

扫黄打非要先行

女白：对格，文化是一种思想，是国家安定、社会和谐的基础。扫黄打非、净化文化环境是一项非常重要的政治任务。

男唱：黄色下流是毒品

无论男女莫靠近

守住规矩品行正

留住一生好名声

社会公德有良心

有德有望人尊敬

男表：远离黄色是人们对社会公德的一种良心的坚守。

女问：哎，黄色下流主要有哪些方面的东西？

男唱：黄色主要指色情

男女图像没布丁

丑态百出无道德

语言下流不规整

书刊音像出版物

手机网上播视频

赌博卖淫搞迷信

都有黄色要扫清

女白：噢，这些都是败坏社会风气，影响社会文明的缺德行为，要彻底扫除干净。

接唱：扫除黄色有责任

人人都要下决心

执法督查不留情

树立新风促文明

男白：是啊，所以扫黄打非工作非常重要，党和政府都十分重视。

女问:“扫黄”是明白了,那么“打非”又是什么意思啊?

男白:“打非”就是打击非法出版等违法犯法行为。

接唱:非法出版书和报
电子音像来制作
弄虚作假盗版号
发行刊物乱造谣
印刷复制乱传播
运输邮寄建网络
宣扬迷信和邪教
危害国家和民族

女白:这些非法出版物和网络传播对社会真的很危险,要坚决打击,将涉事人员绳之以法。

接唱:保家卫国要“打非”
坚持“打非”抓到底
思想健康有底气
国家法律是武器

男白:对格啰!

接唱:北京有个杨素翠
非法复制犯了罪
判刑六年坐班房
害了团囡痛又悔

女白:悔都来不及格啦!

接唱:金华“扫黄打非”正风云
基层“八有”立军令
网格管理有平台
管理业务强培训

男白:金华市党委和政府高度重视“扫黄打非”工作,要重拳出击,久久为功。

女白:这才是长久之计啊。

合唱:扫黄打非长久计
落实基层是前提
发动群众举报有奖励
全民动手能彻底
扫黄打非扬正气
精神文明满大地
江山处处插红旗
美丽金华更美丽来更美丽

换届劝夫

唱:春暖花开满山坞
　龙山坞村闹呼呼
　全村三百八十户
　都在商量选干部
　这次换届来选举
　绝对不能犯糊涂
　“五有”干部是基础
　“五不能”要查清楚
　实事求是来评估
　大公无私走正路
表:换届选举村干部
　是村民的头等大事。
　龙山坞村民这次特别认真,
　因为以前犯过糊涂,
　有深刻的教训。
唱:几包香烟加钞票
　拉走一家四五票
　讲亲房又连家族
　拉感情许愿又承诺
　只要你肯掏腰包
　保证一票逃不掉
　当上村长登宝座
　收回成本第一条
　村上弄得一团糟
　村民有意见发牢骚
　吃香烟吃着自格肉
　深刻教训要记牢
表:选举拉票不规矩,
　绝对是个大错误
　肯定选不出一个好的村干部。
唱:龙山坞村唐一虎
　年纪未到四十五
　经商办厂发财户
　上次选举投资五十万
　当上村长变干部
　经商生意难耽误
　走南闯北跑业务
　挂名村长拍屁股
表:唐一虎当上村长后常年外出忙业务,在村上是吃粮不管事。
唱:这次回家来选举
　连任村长要争取

当了村长有名誉
对于经商有好处
花费钞票不在乎
急得老婆方翠姑
把头摇成拨浪鼓
一五一十劝丈夫

表:唐一虎这次回家还要竞选村长,
老婆不同意了,
劝丈夫改主意。

唱:一虎侬要想清楚
当村长不是为了空名誉
要为村民办事下功夫
新农村建设难马虎
当了村长走人拍屁股
村民骂侬死干部
这次再花一百万
难求一票来帮助

白:为什么?

唱:这次选举出新规
“五有”资格摆头位
严格审查要到位
“五不能”的没机会
贿选拉票严处理
用钞票肯定出问题
偷鸡不着蚀把米
恐怕你我夫妻两分离

白:有这么严重?

唱:一虎侬要听仔细
选举不是做生意
当干部不计盈和亏
一心要为村民谋福利
侬一任村长当落哩
问问侬格良心气
为村上做过啥东西
做到头算侬有运气
如果半途拉落马
侬还要不要脸皮

表:话是不错,不过这次阿还想试试。

唱:今年选举不相同
狠抓严打不正风
“五有”前提不松动
有作为有奉献心要有公
有规矩有大局观念装心中
资格审查没漏洞
“九严禁”加“十不准”
严格纪律不留缝
谁敢违规暗操作
利剑当头法不容

白:我明白了,我要仔细考虑好,
我这一票投给谁。

对白:这就对了。

唱:换届选举是大事
家家户户要重视
纪律规则要坚持

选出领导好班子
团结奋斗赶形势
美丽乡村换新姿
幸福书写新历史
人人过上好日子来好日子

选举风波

唱:梅花早开陈山坞
男女村民忙选举
大家认真勿洋误
侬来拉票啊勿糊涂
千金一票难马虎
村民致富靠干部
村主任要靠得住
投错票就没前途

表:陈山坞是大农村,有近五百号选民,老村主任陈家富已当三十多年,办事公道威信高,村民信得过,十拿九稳能连任,但因年龄关系,宣布不再参选,要让位,培养有能力的年轻人,这一来选举可热闹啦。

唱:老主任如果能帮助
选票肯定超半数
竞选的都来拍拍马屁股
头个便是侄儿陈小虎
一个信封送给陈家富
内有支票十万数
要请大伯多帮顾
村主任姓陈人家要保住

表:陈小虎办企业发家致富,听讲大伯要让位,陈山坞村半数以上人都姓陈,村主任一职定要姓陈人来当,难好让步,只要大伯肯帮忙,自己便笃定能当上村主任。

唱:复员军人石根土
部队当兵肯刻苦
自学成才拿到大学文凭
决心回到家乡展宏图
竞选前来拜访陈家富
送来一个信封胖鼓鼓
老主任拆开一看有门路
满口答应来帮助

表:老主任陈家富觉得石根土信封里的东西值铜钱,决定全力帮助石根土竞选村主任。

唱:再讲么个陈小虎
办厂经商两勿误
头脑灵活财大气也粗

哑私红包送到每一户
每户红包按票数
承诺当选还有大好处
有钱施舍勿落空
做人总要赌一赌

表:陈小虎抱着一拼到底的决心,通过一系列的拉票活动,前途已是一片光明。

唱:百人百心人难估
投票恐怕有变数
老村主任陈家富
突然参选来宣布
火令燔天陈小虎
大骂大伯老糊涂
勿该弄送子侄杀半路
害阿心血都白吐

表:陈家富一宣布参加竞选,陈小虎冷了半身,想当村主任已成"半天白虎"勿可能了,心里格急躁真是没法讲啦。

唱:投标结果一公布
榜上头名陈家富
第二便是石根土
面孔铁青是陈小虎
陈家富与石根土
得票都未超半数
要二轮投票再选举
陈家富临时又宣布
退出竞选打了退堂鼓
村主任明摆要让给石根土

表:陈家富与石根土之间要进行二轮投票,陈家富又宣布退出竞选,石根土自然便是村主任。

唱:气得发昏格陈小虎
一把扭住陈家富
难道信封里勿及石根土
别个是手臂打断朝里弯
侬是窝里反出勿上路
倒败儿孙难上谱

表:陈小虎格次血本无归,一肚子二大腿的火气都喷向大伯,这肯定是大伯故意在捣蛋。

唱:讴声侄儿陈小虎
今日阿把话来讲清楚
二个信封装的勿一样
石根土信封装的勿止千万数

白:你、你……你真是个……混蛋。

唱:陈小虎侬要听清楚
石根土信封装的是心血和辛苦
三年调查和研究
"白云石"宝藏就在陈山坞
开发白云石省里下批文
附有国家专家论证书
三年规划五件大实事

有条有理有基础
村主任让给石根土
陈山坞肯定有前途
白:这……大伯,阿心服了。
唱:十万支票归还侬
竞选心中要为公
公字当头有威信
村民自然把侬装心中
石根土格信封一公开
个个村民拥护都赞同
白:大伯,阿明白了,阿格做法错了。
唱:阳光照耀陈山坞
村景美丽人欢呼
千年宝藏要出土
创业致富展宏图来展宏图

三让位

唱:夹起夹板敲筒鼓
想唱道情喉咙粗
要请各位多照顾
过纲节脉听清楚

表:列位朋友,今日阿来唱点啥东西?

唱:东勿唱来西勿唱
要唱城乡公交汽车上
稀奇凑巧事一桩
要想勿唱喉咙痒

表:公交车上亲眼所见,凑巧发生的事要想勿唱都难,喉咙都发痒格啦。

唱:春回大地绿万树
小鸟欢唱彩蝶舞
呼呼呼来嘟嘟嘟
城乡公交跑公路

孝顺办事回金华
坐上城乡公交 528
车里满座没办法
站牢双脚还该用手抓

表:那一日,孝顺起点站就没座位,只得两脚撑开,双手抓杠,多花力气了。

唱:汽车停靠到余山
上车老汉白头发
手抓吊环咬着牙
摇动屁股像钟摆

表:余山村停靠站上车的老汉至少有七十岁,满头都是白发。

唱:到了前蒋有空位
老汉坐着笑嘻嘻
只见上车人拥挤
最后来个大年纪
驼背老嬷八十几
一根拐杖捏手里
老汉连忙让座位
"谢谢侬格"介客气

表:到前蒋村有个人落车,老汉刚好站边上就坐下来,还没两分钟就看到一个驼背老嬷上车,年纪总有八九十岁,老汉坐不牢了,连忙

让位。

唱:凑巧搭对真格没药医

下苍上来一个大肚皮

样子快到预产期

有事赶车到城里

老嬷见着便站起

位置让给大肚皮

大肚皮点头滚眼泪

肚皮一挺背靠椅

表:前蒋村离下苍村不到一里路,是同一个行政村,老嬷屁股都没坐稳,就看见一个大肚皮孕妇上车,样子危险吃力,老嬷连忙让座,孕妇感动得流眼泪,心里不好意思但还是坐了下来。

唱:老汉老嬷站一起

老汉抓住铁杠不放屁

老嬷抓牢老汉一手臂

两个老人碰撞把爱心比

表:两个老人相互依靠又撞来撞去,两颗爱心在比赛着。

唱:邻座一对年轻像夫妻

女的拉拉男格衣

口觍扑到男格耳朵里

男格点头就同意

齐齐站起让座位

老汉老嬷坐到位置里

仰头靠背细回味

做好事来不吃亏

表:邻座一对年轻的夫妻看情形就坐不住了,双双站起来让了座位,两个老人有了座位显得舒服多了。

唱:一好二好大家好

将心比心好事多

幸福生活步步高

精神文明更重要

车厢里头三让位

人间爱心在传递

雷锋精神一面旗

世界就会越来越美丽来越美丽

寿星党员杨义良

唱:敲起情筒嘭嘭响
今日来把道情唱
要唱阿郎农村上
有个稀奇特骨老寿星
他就是共产党员杨义良
今年年纪九十八
还是好比年纪轻一样
村上格好事做勿光

表:这个寿星老党员杨义良真是稀奇特骨。

唱:寿星党员杨义良
二十六岁加入共产党
以前功劳都勿唱
如今在老年协会当会长
村上矛盾纠纷调解王
事事调解都能笑收场

表:杨义良在村上调解矛盾纠纷有绝对威信。

唱:村上有个老太丁珠香
老公病死医光了家当
儿子犯罪判刑坐班房
年纪八十独守空房
脾气古怪难商量
三进三出敬老院
骂天骂地骂城隍
人人都讲她是老虎娘

表:丁珠香是村上出了名的"难弄送"。

唱:丁珠香行为更荒唐
无好行径无好相
出门大小便勿去寻茅坑
周围有人没人勿管账
随时随地便拉放
有人好心劝两句
就骂侬祖宗七八代
半夜上门闹天亮

表:村上人都怕她。

唱:丁珠香门口倒饭倒菜汤
人都捏着鼻头不敢响
杨义良几次上门去劝说
丁珠香装聋作哑屁不放
心里火气烧得旺

牙齿咬得咯咯响

表:丁珠香口哩勿响肚里骂。

唱:第二日这个丁珠香

望着杨义良的玄孙小开放

走过去就是一巴掌

邻居都骂丁珠香

杨义良还是劝大家

这种人自郎要原谅

表:大家都气愤,骂丁珠香缺德。杨义良虽然心中气愤，但还是劝大家原谅。

唱:丁珠香把冷饭冷菜汤

照旧倒在门口大路上

杨义良天天扫地去清场

丁珠香骂他老骨头奴才相

阿侬饭菜倒在大路上

鸡鸭猫狗会抢光

用勿着年纪一把多管账

贱骨头有福不会享

表:丁珠香骂杨义良贱骨头有福勿识着享。

唱:么日丁珠香出门晒衣裳

一脚踏到自倒的饭菜汤

脚下一滑跌倒在地上

脚骨跌断痛难挡

哎哟哎哟叫得连天响

杨义良刚好来扫地

连忙去背丁珠香

要送医院去医伤

丁珠香“哇”一声哭出来

一把拖住杨义良

杨义良啊杨义良

侬为啥对阿这样好

因为阿是党员有党章

侬都年纪九十八

侬还要把阿侬背身上

阿侬连死都没地方葬

都是阿侬自作自受没好相

就该千刀万剐砸肉酱

表:这一记,丁珠香非常感动了。

唱:杨义良急忙拨打120

叫来救护车送到医院上

杨义良就在医院里

服侍照顾丁珠香

一直到出院都是杨义良

替她付了钞票结了账

真情付出有收获

从此换了一个丁珠香

表:丁珠香脱胎换骨,变了一个人。

唱:寿星党员杨义良

儿孙满堂勿做寿

劝导儿孙不铺张

八十大寿捐十万

村上修路通康庄

九十大寿捐了十五万
村上建设文化大礼堂
义务公益带头做
老当益壮好榜样
年近百岁的老党员
满身都是正能量来正能量

金东区孝顺镇下范中心社区概况
基本情况
功能设置
辖区分布
下范中心社区位于孝顺
镇下范行政村，座落南山
脚下，东临孝顺革命历史
陵园，南沿金义南线，西
靠下江沿村，北侧义乌江；
本着便民、助民、乐民、富民的服务
宗旨，坚持以民为本，服务群众，村民
自治、自愿参与的原则，着力打造半小
时步行距离的中心社区服务圈。中心社
区设施配套相对完善，服务功能相对集
中，设有“一站式”服务大厅，同时设

V 纸媒文摘

孝顺种文化到百姓家门口

胡国洪 许中华

2007年7月10日晚，在金东区孝顺镇老街的街口，记者大老远就听见了一阵阵笑声，那笑声是从和风书社飘出来的。坐落在老街原区委门口旁的和风书社，紧挨着一座石板桥，离街口200米左右，一间大概40平方米临街而开的小屋，被专门腾出来做演出之用。记者到时，听说书、看小品的人们将小小的书社围了个水泄不通，里面摆上几张长板凳，中间放了一张说书用的桌子，两侧立着音箱，中间划出一块空地当作舞台。人们就盯着空地上左跑右跳的演员，目不转睛，来迟了的人则踮起脚尖，把脖子伸得老长。坐在门口边的鲁阿姨说："这还是我头一遭在家门口看演出，道情唱得好，快板打得好，我们很看好。"

作为千年古镇的孝顺镇，近年来一直以"孝文化"名扬天下。此次由孝顺镇人民政府创办的和风书社举行的首场曲艺演出，融合了道情、说书、快板、小品、口技等多种曲艺形式。上了年纪的老人尤其爱看这样的表演，原汁原味，带有家乡的风土人情，他们很早就赶来占座位。还有刚刚放暑假的学生，也十分热衷于民间曲艺，时不时地还能来一两句。在孝顺中学读初二的盛如锦说："我是跟着爸妈过来看的，平日里对这些就很感兴趣。"台上说书的艺人，不时地抛出笑料，台下笑声不断。站在门外的人听见笑声，都想往里面挤，记者看过去，只见房里屋外黑压压的一片。

说书刚结束，方言小品立即登场，演员陈苏琴举着报纸，对准傅海菊好一阵追打。傅海菊"抱头鼠窜"，她表演起来滑稽可笑，不但观众忍不住捧腹大笑，就连陈苏琴也没忍住，当场笑个不停。观众见演员都笑了，更是笑得合不拢嘴。笑声环绕着整个和风书社，久久不能停息。一位在金华三中上学的女学生，站在长椅上告诉记者:“第一次看这样的表演，挺新鲜的……”说着忽然跳下椅子,往人堆里钻,大概想挤到前面去看个清楚。一直站在后台看的朱阿姨则说:“这些节目都很贴近老百姓的生活。我也是第一次看到这样的演出，很有意思。”

小品结束后,两位演员还没卸妆,又在后台自个儿笑开了。陈苏琴有些抱歉地说:“我刚才没演好,都笑场了。”傅海菊说:“没什么,我们都是业余演员嘛!”她又指了指陈苏琴,跟记者解释道:“我跟她是老搭档了,演这样的小品也有四五年了。今天如果音响效果再好一点,我们会演得更好一些。”一旁的观众看她们下来,也不时发出笑声,都夸她们两个表演得好。住在老街的方家父子说:“平日里这个时候不是在家看电视,就是出去打麻将,现在有了这么一个新去处,以后打麻将的机会也少了。这几年,老街上的人越来越少,有了这家书社,我想老街边上的人都会慢慢地聚过来,老街也会跟以前一样热闹了。”

此次活动的发起人、孝顺镇纪委书记何平说:“我们想以和风书社作为民间曲艺的一个落脚点,以后每逢星期二、四、六的晚上,这里都会上演些以‘和谐乡风,孝德为先’为主题的曲艺节目,让老百姓晚上有个好去处。最主要的还是想利用纳凉晚会、巡回演出等形式,走进农村,走进企业,不断地丰富农村的文化生活,促进精神文明、和谐文化建设。”

据何平介绍,当晚的演出是和风书社给孝顺百姓带来的首场演出,虽然演出道具比较简陋,准备时间也有些仓促,但是今后会不断地增加新设备,并且邀请更多的金华曲艺名家来孝顺演出。他们希望能通过和风书社这一平台,把丰富的文化生活真正地带到基层去,让孝顺百姓在自家门口就能听个够,看个够。

（选自《金华日报》2007 年 7 月 15 日 04 版）

道情声声,把爱国话儿唱

徐晓恩　徐贤飞　徐赞

初秋的夜晚,月华如水。2009 年 9 月 8 日,当晚,在我国一代爱国诗人艾青和人民音乐家施光南的故乡——金华市金东区,许多群众一起围坐在孝顺镇的和风书社里,将“60 句爱国名言”和“60 句祝福祖国的话”编成道情唱本,自导自演进行“爱国道情演唱会”,以此表达对伟大祖国的祝福。

道情声声　把“双 60”爱国话儿唱

随着一阵清脆的铃声,演出正式开始。金东区孝顺镇上叶村农民叶永生,提着一把道情筒,迈着轻盈的脚步走上了舞台。与往常不同的是,老叶在唱道情前,来了一段开场白:“今年是新中国成立 60 周年。我今天演出的节目,是以前从未演过的,名字叫《‘双 60’——我的心里话》。我想通过这个节目,表达一下我本人的爱国心。闲话不表,听听我的道情……”

老叶今年 64 岁了,是金华市一位普普通通的农民。27 岁那年,他拜师学艺,走上了唱道情这条路。他经常说,他和他一家能有今天的幸福生活,多亏了国家的日益强大和党的好政策。“扎嘣嘣、扎嘣嘣……”伴着道情筒的节奏,只听老叶唱道:“‘双 60’,也有我的心里话。先唱几句爱国名言,大家听——60 年前 10 月 1 日这一天,毛主席在天安门城楼上,说了一句话:‘中国人民从此站起来了!’”台下掌声雷动,跟着老叶喊道:“中国人民从此站起来了!”晚会的气氛一下子就激扬起来了。

金华市金东区人文底蕴比较深厚,历史上有沈约、宋谦等文化名人的足迹,是我国一代爱国诗人艾青和人民音乐家施光南的故乡。尤其是孝顺镇,民间艺人集聚。前年夏天,为了让民间艺人有块表演阵地,镇里专门在老街租用了场地,开辟了一处曲艺活动固定表演场所,取名为“和风书社”。在这个融合了金华道情、说书、快板、小品、口技等多种民间曲艺形式的演出场,每周三场演出,场场爆满。十里八乡的农民群众,常常开着摩托车来赶场。盛根旺、朱顺根、叶永生等一批身怀绝技的金华民间老艺人,也集聚到此,为农民观众演出。

今年是新中国成立60周年。叶永生等几位老人早就寻思着要办个节目,来庆祝这一盛事,可一直找不到好载体。浙报集团开展的“60句爱国名言”和“60句祝福祖国的话”评选,让老人们眼前一亮。

69岁的盛根旺老人是他们当中学历最高的。高中毕业的他,有着读书看报的好习惯。看到《浙江日报》的评选活动,老盛还让孩子帮忙在网络上投了票。“我觉得有两句话,我每次读后心情都会非常激动,那就是毛主席说的‘中国人民从此站起来了’,还有胡锦涛总书记说的‘我坚信任何困难都难不倒英雄的中国人民’。”老盛说。8月21日,“双60”评选结果一公布,老盛就和几位老哥们聚到了一块,商量如何表达自己的爱国心。

“要不我们也学学年轻人,举办一场演出,用道情来唱唱‘双60’。”对老盛提出的建议,几位老人一拍即合。“你写,我唱。”向来都是老盛的黄金搭档的叶永生当即表示。今年6月才被文化部公布为国家级非物质文化遗产传承人的朱顺根,表示要根据“双60”评选的内容以及新中国成立之后农村翻天覆地的变化,自己创作一个新剧本。

你听,这是68岁的朱顺根给我们带来的道情《新旧日子对比》。“没有新中国,就没有今天的好日子呀。穿身上的衣,天天新呀;吃嘴里的饭,天天有鱼肉呀……”伴着朱顺根特有的带点沙哑的声音,一幅描绘新中国成立60周年农村翻天覆地变化的画卷,慢慢地展开。

老少同台　争表赤子情怀

几位老人用几把道情筒,一声声一句句道出了老人们的赤子情怀。在台下的观众中,30岁的小梁是位贵州籍打工者。今天他原本想趁晚上的休息时间,到集镇里买点生活用品。没想到,路过老街时,被老人们组织的这场“爱国道情演唱会”给吸引住了。“作为一名打工者,我也深爱我的祖国。”小李激动地说,“我也最喜欢胡锦涛总书记说的‘我坚信任何困难都难不倒英雄的中国人民’。”

精彩的节目一个接一个,这可急坏了台下的几位小学生。几天前,得知爷爷们要在这里排演一场歌颂祖国的演唱会,孝顺镇中心小学六年级的盛欣悦、孔雨铃等几位同学,找到导演组,主动要求表演节目。经过一番软磨硬泡,老人们同意也给孩子们一个机会。“我们一共有 8 个人,今天演出的节目是朗诵金华籍爱国诗人艾青的诗《大堰河,我的保姆》。我们也想趁这个机会,向新中国 60 华诞献礼。可爷爷们的节目太精彩了,我怕比不过他们。”12 岁的盛欣悦说。

紧张的还有“道情王子”朱流荣,这位 40 多岁的中年人,是金东区远近闻名的道情能手。可今天,他也有点“怯场”了。“我也是得知老人们要在这里举办‘道情演唱会’,软磨硬泡才报上名的。按年龄,还轮不到我上台表演;可这样的机会太难得,我也只好在前辈面前献丑了。”不愧为“道情王子”,朱流荣带来的道情《祖国名山》,在短短几分钟内,就细数了国内百来座名山,歌颂了祖国的大好河山。

一个多小时的演出,很快就接近了尾声。当演员们正准备登台谢幕时,家住孝顺中街的童春莲奶奶响着快板就走上了舞台。“庆祝国家生日闹盈盈,大家静一静,我唱几句快板助助兴。新中国今年 60 岁,祖国越来越年轻。成就的事情有多少?多如牛毛数不清……”在清脆的快板声伴奏下,童奶奶给大家唱了起来,并博得阵阵掌声。65 岁的童奶奶小时候没上过学,可从去年开始就天天上镇里的老年大学,跟老师学认字。这不,今天她还玩起了英文来:“生活年年新,国力年年兴,世界各地竖起拇指赞连声:‘OK! China,good! ’。”

台上的精彩演出,也感染了金东区区委常委、宣传部部长胡则鸣。他说,老人们自发组织“爱国道情演唱会”,以群众喜闻乐见的形式,通过说唱“双 60”中经典的爱国名言和祝福祖国的话,有利于激发农民群众的爱国热情,引导他们满怀激情地投入新农村建设当中。

(选自《浙江日报》2009 年 9 月 5 日 07 版)

乡村常见脱口秀

徐贤飞

秋天的第一股冷空气已抵金华，温度突然降到了10℃左右。

2010年10月26日下午3时半，盛根旺推着电动车，跟老伴挥挥手，就从家里出发了。我爬上他的电动车后座。我们的目的地是金华市金东区孝顺镇和风书社。

盛根旺今年70岁，脸庞黝黑，高高的个子，背挺得直直的，显得比实际年龄年轻许多。

老盛是和风书社的社长。作为当地的“名嘴”，书社里每天有100多位观众等着他去讲新闻说故事。他家住在金华城里，为给观众送上“新闻大餐”，每天不得不来回骑上两个钟头的电动车。

一路上，尽管我穿着棉袄，但调皮的风儿不断钻进来，我直打寒战。“现在还好，零下四五度的大冬天里骑车才叫冷呢！”老盛说。

2007年7月，孝顺镇为丰富农民的业余文化生活，专门在闹市街上租了块店面，办起了和风书社，老盛被聘任为社长。他身兼多职，既是演员，也是导演，还是主持人，把这个农村书社经营得红红火火，连邻近的义乌人都跑来捧场。

从市区到孝顺镇，正好一个小时。一到镇上，就有人不停地跟老盛打招呼。“孝顺还有人不认识他？中央电视台不是有‘名嘴’吗？老盛就是我们孝顺的‘名嘴’。”路边一位卖衣服的摊主说。

老盛边招呼着“粉丝”边通知我，晚饭就在镇上快餐店里解决，一荤一素5元钱。才下午4时半，时间还早，他决定先带我到书社看看。

书社位于孝顺镇最繁华的地段，面积不大，只有三四十平方米。老盛的舞台就在书社南边，中间放着一张桌子，桌子上话筒还用一块红布包着，看上去挺有历史感的。

看老盛打开门，就有几位老人走了进来，把衣服、毛巾放在书社里最靠近舞台的几把椅子上。“这是大家在占位子。书社有不成文的规矩，谁放了衣服，这个位置就是谁的。晚上过道上都站满了人。”老盛跟我解释说。

晚6时，书社的好戏开场了！

节目单挂在门口，有3个节目：老盛说新闻、叶勇生说唱道情《月唐演义》第三十回、叶振中的小锣书《逃娘家》。

书社门口围过来越来越多的观众，观众们时不时哄堂大笑。我坐在台下也听得直乐。这时，书社里的几位民间老艺人找上了我，他们今天没节目，听说我要来采访，特意赶到书社，想跟我说说这几年他们的切身感受。

带头的是朱顺根。他是国家非物质文化遗产金华道情传承人，也是书社的元老。

“我们这些老骨头已经10多年没人瞧得上了。什么说唱道情，什么非物质文化遗产，以前都是讨饭人做的活儿。”朱顺根说，家里的晚辈都不让他唱道情，说“会丢人”。可现在，他顶着非物质文化遗产传承人的头衔，早已经是金华的明星了。“差不多就是这5年，变化太快了。我们说唱道情成了民间艺术，看的人多，学的人多，政府也重视，有时候忙都忙不过来。”

“这是实在话。就像孝顺镇政府每年拿出近9万元钱办一个书社，这是民间曲艺界前所未有的。”老盛说完新闻节目，接过话茬说。

老盛说，和风书社刚创办时，大家都不信有这等好事。“很多人说，不出半年我就得下岗，书社就得关门；可3年零3个月过去了，我们的观众越来越多了。”

也难怪老盛牛气，他有两组数据让老伙伴们不得不服：和风书社20岁至40岁年龄段的观众已占3成左右；金东区曲艺家协会会员已从2006年的29人，增至今年的81人。

另外，和风书社还成了培养民间曲艺新人的摇篮。今年1月和5月，朱顺根就先后两次在和风书社按旧礼举行收徒仪式，正式收了两名新徒弟。刚刚登台表演的叶振中，就是书社一手培养起来的新秀。今年 26 岁的他，会说唱道情，还会说小锣书，多才多艺。

晚 8 时 10 分，叶振中表演结束，戏散场了。老盛跟他约着时间，第二天他们要一起到下范村表演。

骑上回城的车子，老盛跟我解释说，和风书社在孝顺镇车客村和下范村又开了两个分会场。“我每周二、四、六是在孝顺镇，周一到车客，周三、周日到下范，一周只休息一天，我老伴说我比国家公务员还忙。红军长征两万五千里，我每天来回跑 50 公里，一年要骑 3 万里路，比长征的路还长呢！”

老盛还告诉我，金东区曹宅镇北麓书院也要开张了，他这位院长更忙了。

（选自《浙江日报》2010 年 11 月 4 日 03 版）

北麓书院 古老舞台竞风流

邵卫能 周建福

黑色底板上写着“说新闻，正本道情《玉连环》，说唱……”，台下坐着满头白发的老者，捧着一杯清茶，全神贯注地注视着台上说书人的一颦一笑。这是记者在曹宅北麓书院看到的一幕场景。

北麓书院位于曹宅集镇中心的一座老建筑里，悠悠小巷，粼粼石板，显得古色古香。一走进院子，老房子特有的味道扑面而来。观众席也是老式木椅和条凳，坐下时稍有晃动便会发出“嘎吱”声。粗粗一瞥，可以立马发现墙上悬挂着的字画，在无形中散发出淡淡的书卷气。此时书院内早已人头攒动，座无虚席。来听书的人趁着演出前的间隙相互寒暄，几位老人往来穿梭，拿着大水壶挨个儿给大家续水，整个书院内洋溢着一份特有的祥和氛围。

8 时 30 分，书院准时开讲。金东区曲艺家协会主席、书院负责人盛根旺用本地方言讲述的新闻，既幽默风趣，又寓意深刻。台上表演不遗余力，嬉笑怒骂，一颦一笑都演绎得很到位；台下的观众神情专注，沉浸其中，时不时传来阵阵笑声。以至于坐在一旁的记者，被观众们脸上洋溢着的幸福感染，跟着陶醉，直到一个段子结束后，才缓了会神，感叹句“真好”。

据了解，书院成立于 2010 年 11 月，逢镇上集市开演，每月 9 场，时间从上午 8 时 30 分到 10 时 30 分。节目除了很受听众喜欢的“老盛说新闻”，还有金华道情、小品、快板、口技等节目。尽管书院成立时间不长，却积累了一大批忠实观众，听书、喝茶、会友，俨然已成为村民的一种生活习惯。

“节目表演得很生动，用方言讲的，听得懂记得牢，我们都戏称这为社区大学，很多人都是专门从村子赶过来的。”村民曹妙语呷了一口清茶，气定神闲地对记者说。

在金东区，除了北麓书院，还有办得更早的孝顺和风书社。如今，书院模式已经成为金东区开展文化创新工作的一个响当当的品牌，书院节目已经成为当地村民必不可少的一顿饕餮大餐。

一杯茶，一段书，诉说的是一种朴素尽欢的情怀。

（选自《今日金东》2012 年 3 月 2 日 03 版）

草根演员盛根旺

邵卫能

2013 年 11 月 14 日,《茶花村选举记》在澧浦镇长庚村首映。这是一部以村级组织换届为题材的本土微电影。首映式后,该片在优酷视频、金华电视台经济生活频道相继播出,一时间,成了老百姓茶余饭后讨论的话题。

在该片塑造的众多人物形象中,除了主角,饰演根兴爸的盛根旺,也给观众留下了深刻的印象。

盛根旺,鞋塘镇白沙畈村人。提起他,不少人都知道,他是《二十分可乐》里面的老章头,也是北麓书院里评古论今的老盛,还是金东区曲艺家协会主席,曾经还和阿楼、诸葛一起参加了方言主持人大赛。

这次出演根兴爸,则是他突破自我的又一次尝试。

“10 月 22 日,剧组打电话来,说有个角色,问我愿不愿意演。”老盛说,导演在通话中介绍了一下剧情梗概,他觉得题材不错,便一口答应了下来。怀着满心欢喜,10 月 24 日,老盛来到了拍摄地汤溪寺平古村,正式进入剧组。

由于当天才拿到剧本,老盛没有过多的时间来熟悉,简单对了下台词就开拍了。好在他演出经验丰富,整个拍摄过程非常顺利。

在电影中,老盛出演的根兴爸是一个耿直的老党员,共有三幕场景。开篇 5 分 53 秒,是老盛的第一次出镜。第三幕,也是全剧的高潮。已经在选票上领先的林春虎,被章东设计诬陷贿选,照片被贴在了橱窗上。愤怒的根兴爸再次出面,不仅撕掉了照片,还带着摁有 30 位老人手印的联名担保书找到了杨乡长。最终,在众人的努力下,事件得到了澄清。

“我觉得这个角色设定很精彩,人物性格也很对胃口。”老盛说。片中的根兴爸，是一个刚正不阿、做事讲原则的老党员。三幕戏看似分量不多，但最后都归并到主线上，恰到好处地烘托了林春虎的形象，推动了故事情节的发展。

他虽然曾一度担心会演砸，但事实证明，担心是多余的。在澧浦镇举行的首映式上，不少眼尖的村民将其认了出来："里面的根兴爸好像就是那个盛根旺。""演得真不错啊。"

透过电影看换届，老盛说，正如电影中的主角林春虎一样，只有真心实意为老百姓办事，才能受到大家拥戴，戏里戏外，莫不如此。

(选自《今日金东》2013 年 11 月 29 日 04 版)

老盛四十年来讲大书

盛根旺　汪蕾　张恺悦

在金东农村，老盛是比大腕还要腕儿的人物。他用《老盛说新闻》把自己打造成民间“新闻发言人”，无论是和风书社、北麓书院，还是乡音宣讲团下乡演出，老盛所到之处，场上慷慨激昂，场下座无虚席，十里八乡的人都赶来捧场。他没有说教，从不念稿，用本地方言把新闻讲得幽默风趣又寓意深刻，如《口技》中说的“一人、一桌、一椅、一扇、一抚尺而已”。

老盛名叫盛根旺，是市级非遗项目金华说书代表性传承人。从1976年，为“找口饭吃”到茶馆店说书，靠说书成了改革开放后的头一批“万元户”，再到如今为全区各村送文艺演出，一个月还要跑乡串村讲20场……尽管已78岁高龄，他依然精神矍铄。下面是盛根旺老师的自述。

怎么把“死”书说“活”，里面的门道可多了

我是20世纪60年代的高中毕业生，有些文化基础。不过，我学文却喜武，高中毕业以后迷上了武术。在家务农的我一有空闲就到金华各地拜师学艺，少林拳、岳家拳、八卦掌、太极……各种拳术我都会，后来还开班收了不少徒弟。

爱武术的我也爱看武侠小说，更爱把自己看过的故事与别人分享。早年间，我就在村里人多的地方与村民闲谈，因为有些文化，讲起故事滔滔不绝，人家听得也是津津有味。后来，我就开始说书。

金华说书，俗称讲大书。1976年，我为了谋生开始说书生涯。那个年代，没有电视也没有电脑，农忙之余，大家最喜欢去的地方就是茶馆店。在店里坐一坐，谈天说地，听书，老金华人就可以打发大半天的时间。这也是我们谋生的好

行当,说书人聚到茶楼等人员密集的地方讲大书,也是那个年代的风景。

说书是一门技术活,要求说书人把故事讲生动,让听众听得进去并且感兴趣。怎么把“死”书说“活”,里面的门道可多了。首先要掌握书中的故事情节,其次要生动表现人物的性格。故事情节清楚了,接下来就得看说书人怎么说,故事中人物的喜怒哀乐,说书人得清楚地表现出来。说书人的面部表情得丰富,哭就要表现出哭,奸笑、大笑等多种笑的形式要表现得淋漓尽致,听众才会觉得生动。为此,我还跟随金华市文化局的工作人员到苏州、杭州等地学习。

除了生动表现书中人物的喜怒哀乐,说书内容也要不断更新变化。听的人多了,说的书自然也要多起来,从最初的《说唐》《粉妆楼》到《薛仁贵征东》,再到后来的《书剑恩仇录》,我把大家耳熟能详的书都说尽了。我还喜欢用自己擅长的武打动作来演绎故事,引得台下茶客阵阵叫好。

茶客都是掏钱来听的,如果你讲得不好,就没市场了

刚开始的时候,我在兰溪门的时春亭茶楼说书。待台下的茶客们坐定,一人一茶,惊堂木一打,说书正式开始。那时候,群众的精神文化生活匮乏,说书时茶楼经常爆满。说到精彩处,台下掌声雷动,喝彩声一片。

说书人在当时是卖艺人,地位不高。刚开始时,我没什么名气,收取报酬很多时候就靠凑份子钱,拿着盘子在场地上绕一圈,一分两分、一角五角都有,一夜讲两个半小时,能有三元钱已经很了不得了。改革开放以后,大家手里的闲钱多起来,茶馆店就把听书的费用包进茶钱里,一人收费两角,两家对半分。

说书的钱挣得不容易。茶客们都是掏钱来听的,如果你讲得不好,就没有市场了。说书界也是“成王败寇”,厉害的红起来,不行的落下去。凭着一技之长,我后来又到小码头的红光茶店、兰溪香溪的朱文林书场说书……

就这样几角一元,我一场一场跑,一村一店说。谁也想不到,我一个讲大书的,在改革开放的头几年就先富起来了,成了少有的“万元户”。用这笔钱,我在村里盖起了四间开阔敞亮的新房子。

说书行当“起死回生”

到了20世纪80年代末期，电视、电影发展丰富，说书这行渐渐没落，去茶楼听说书的人越来越少，说书人也渐渐消失，我也只能转行另谋生计了。

不过，即便转了行，我还是热衷于各地的曲艺表演。1981年，加入金华县戏曲工作者协会；2001年，加入浙江省曲艺家协会；2002年，担任区曲艺家协会副主席；2006年，接任金东区曲艺家协会主席……

我去各地演出，也去各地看戏。时间久了，我越来越发现很多人不是不想听说书、道情，而是没有地方听。于是，我就想开辟一个平台，让表演者有地方唱，让观众有地方看。我辞掉了工作，在政府的指导帮助下，开始探索书院模式。

2007年，我同孝顺镇干部在该镇老街上街桥头，找了一块场地创办和风书社。我的《老盛说新闻》一周三场，每场演出有两名艺人、一名后勤，政府补贴每次300元，这给我们这些艺人吃了“定心丸”。

后来，我们又先后创办了孝顺和风书社下范分社、车客分社以及曹宅北麓书院，以说书、唱道情为主，辅以快板、小锣书。政府给补贴，观众免费看，渐渐地，说书、道情“起死回生”。我们去演出，几乎场场爆满，隔壁村镇的老百姓也有不少经常赶场。到现在，各家书社已经演出了3200多场，总观众数超过30万人次。

从普通人的视角出发，告诉老百姓国家的事

“宋朝义乌佛堂小金庄村有金立、金台、金三妹兄妹三人，他们行侠仗义，除暴安良，留下了传世美谈。”到现在，我还清楚记得1976年自己说的第一本书《金台传》。光是这本书，我就可以说上三个月。

那年头，我们说得多的是《孟丽君》《说唐》；香港武侠小说流行起来，我们就说金庸的《射雕英雄传》《书剑恩仇录》，梁羽生的《萍踪侠影》。说书人就是要迎合听众口味，把握时代脉搏。

现在，说书又有了新变化：把国家大小事、好政策，经过曲艺创作变成一个

个生动的故事，用老百姓喜欢的方式说给大家听。说书人要从普通人的视角出发，用普通人听得懂的方言，告诉大家这些政策会给我们生活带来什么变化。

以前，我们是卖艺谋生，大家虽然喜欢听，但是愿意学的少，怕被人看不起。现在，政府越来越重视传统文化，不仅提供固定场地给我们演出，还有各类补助，我们老艺人的地位越来越高，走到哪里，大家都对我尊称一声老师，我的肩头也多了一份责任感。我相信，老曲艺也会有春天。

（选自《金华日报》2018 年 12 月 13 日 07 版）

后 记

2006年4月，金华市金东区曲艺家协会换届选举，当时我在衢州的中国重汽公司斯太尔汽车特约服务站、华夏汽车公司配件部负责汽车配件的经营。金东区文联召我回金华参加选举，我当选金东区曲协第二届理事会主席。同年6月，我辞去斯太尔汽车特约服务站配件部经理一职，离衢返金，开始重操曲艺旧业，并决心要为金东曲艺的复兴闯出一条路来。

2007年，在孝顺镇政府的大力支持下创办了孝顺镇和风书社。从此，我与和风书社风雨同舟，与区曲协的艺人们相依为命。风里来，雨里去，把办好和风书社作为自己的事业追求和责任担当，把困难当成乐趣，把辛苦当成甜蜜，一路前行。特别是在新创办了和风书社下范分社、车客分社、南仓分社之后，因为各点的演出活动都安排在晚上，且在各分社演出活动结束后都要返回孝顺和风书社宿舍住宿，我每天下午从金华城区骑电瓶车出发，次日一早赶着骑车回家，一个来回50余公里不说，我完全成了个夜猫子。夏秋尚可以，冬春倍艰辛。冻是小事，难在行路。其中有两个夜晚是我最难以忘记的。一次是在临近春节的一个星期五晚上，那天下午1时许就开始有雪子飘落，朱顺根在下午3时许就照常坐公交车到下范分社上晚班，说唱道情《飞刀记》。而我也已经骑电瓶车提前到达孝顺和风书社，准备在孝顺吃了晚饭再去下范分社与朱顺根会合。不料雪越下越大，到了下午5时左右，地上的积雪已接近20厘米。雪还在继续下，孝顺镇街道上已不见人影。从孝顺去下范村有超3公里的路程，而此时对于两轮电瓶车来说已无能为力。下范村的情况如何？这样的夜晚会有人出来听我们说新闻、唱道情吗？朱顺根是个双眼残疾、视力不到百分之十、年过七旬的老人，今晚无论如何都得去下范村接朱顺根到孝顺和风书社住宿。我拿出手机联系朱顺根，回音是“现在已经是快下午 6 点钟了，书社里还没有一个人，今晚上肯定不用唱了”。“你等着，我想办法来接你。”我答应他说。怎么办？这是我的责任。我这时想到了去找在和风书社对面开烟酒杂商店的老板王汝文。王老板在当地人缘很好，他给我找来一个开车运客的车主，好说歹说，原来只需 6 元人民币的包车费以 30 元成交，与我一起去接朱顺根。往返路上竟花了近 2 小时。说句心里话，赚我这 30 元钱也实在太辛苦了，我万分感激他，心想就是 100 元也值，因为我终于尽了责任和人情。还有一次是在车客分社，时间是农历三月初的一个星期一的晚上，也是和朱顺根，因为只要朱顺根到分社说唱道情我就必须载他同行。演出活动结束已是晚上 8 时，收拾好行头，朱顺根先坐上电瓶车后座，此时天空已经开始飘雨点，我穿好雨衣坐上电瓶车，朱顺根躲进我的雨衣后披，电瓶车离开车客村。不料突然暴雨倾盆，车灯被雨阻光，咫尺难辨。在路过谷盘桥村时，电瓶车竟撞上路边一户人家门口的台阶而车翻人倒，幸好两人反应还算快，都无大碍，但已不能再骑电瓶车。我只得推车在前，朱顺根扶住我的肩膀，两人一路步行回到和风书社。虽有雨衣和雨伞，两人也都成了落汤鸡。

十余年风雨兼程，酸甜苦辣百尝不厌，能得和风书社人气不减，就感觉是苦尽甘来。

2018 年，金东区曲艺家协会换届选举，我已连任两届期满，更是年近八旬，不宜再担任曲协主席一职。换届后，我宣布孝顺和风书社停止曲艺演出活动，等待下一届区曲协理事会的意愿取向，同时向孝顺镇政府移交和风书社的一切相关事宜。本以为时过境迁，往事如水东流，不再为念。然而，和风书社的许多文化盛事和点点滴滴的经历总是萦怀难舍，挥之不去，就想以文字来记录孝顺镇文化建设中说长不长、说短不短、光辉灿烂的那一段历史和我曲艺生涯中的高光时刻，也许就能释怀。于是，在 2022 年初着手写了《我与和风书社》的内容简介（前言），并把文稿报送金东区委宣传部，有幸被评为 2022 年度精品报告文学资助项目，要求完稿。

2023 年 8 月，《我与和风书社》书稿完成，又几经校对修改，如今终于能够付梓。

这本书能顺利出版，要感谢金东区委宣传部的鼓励和肯定，感谢孝顺镇政府的关心和支持，感谢金华寿生酒业公司总裁、非遗项目金华酒酿造技艺省级代表性传承人蒋方明的友情支持，感谢国家一级演员、中国曲艺家协会会员、浙江省曲艺家协会副主席周子清作序，感谢金东区文联原主席张根芳作序，感谢金华市曲艺家协会主席王跃丰协助我校对文字，感谢金东区书法家协会原主席何剑强题署书名，感谢孝顺镇文化站站长王建生提供和风书社的照片，感谢所有为了此书付梓付出辛劳的热心人。

2024 年 5 月 13 日

國家級非物質文化遺產　壽生酒

壽生酒始創于明代初年距今已有七百多年生產歷史堪稱中國歷史名酒曾于一九一五年獲得巴拿馬金獎在黄酒系列中與紹興加飯齊名是中國三大黄酒之一其釀造技藝與五糧液等酒類釀造技藝一起入圍國家級非物質文化遺產名録明代京師嘉尚語雲晋字金華酒圍棋左傳文表明當時金華酒已被譽爲字酒棋文四絶中的一絶而譽滿京城壽生酒釀造技藝的獨特之處在于其獨特的造曲技藝優化的用曲方法復雜的釀造工序白紅曲聯合發酵的優選技藝使壽生酒既有麥曲酒的鮮香又具有紅曲酒的色味壽生酒原料取之天然采用冬漿冬水釀造含多種人體必需的氨基酸其色金黄鮮亮味香醇厚過口爽適風味別具一格常飲壽生酒强身健體舒心養生

壬辰年楚湘書